文通天下

突 破 认 知 的 边 界

navitat 之夏　　　　　　　ZuXiNG 2022.6.3 端午节

水边琴韵　　　　ZuXing　　　　2022.6.21夏至

美国画家Steele 故居鲜花依旧灿烂 FUXING 2014.6.1

这里到处是苇，人和苇结合得是那么紧。——孙犁

正和樂那小路上 Fuxing 2022.7.8.

RuXinGt   2018.5 Bloomington

今年雨特别多 RuKing 2021.8.7 之絵

读过的书，
就是走过的路

暖心阅读
文学课

肖复兴

著

天津出版传媒集团

天津人民出版社

图书在版编目（CIP）数据

读过的书，就是走过的路 : 暖心阅读文学课 / 肖复
兴著. -- 天津 : 天津人民出版社, 2023.6
ISBN 978-7-201-19300-7

Ⅰ.①读… Ⅱ.①肖… Ⅲ.①散文集—中国—当代
Ⅳ.①I267

中国国家版本馆 CIP 数据核字 (2023) 第 067694 号

读过的书，就是走过的路：暖心阅读文学课
DUGUO DE SHU , JIUSHI ZOUGUO DE LU: NUANXIN YUEDU WENXUEKE

出 版	天津人民出版社
出 版 人	刘 庆
地 址	天津市和平区西康路35号康岳大厦
邮政编码	300051
邮购电话	（022）23332469
电子邮箱	reader@tjrmcbs.com
责任编辑	陈 烨
策划编辑	郭丽丽
装帧设计	尚燕平
制版印刷	河北朗祥印刷有限公司
经 销	新华书店
开 本	880毫米×1230毫米 1/32
印 张	8
字 数	140千字
版次印次	2023年6月第1版 2023年6月第1次印刷
定 价	49.80元

我读的第一本散文集，是刚上初一时买的《荔枝蜜》，很薄的一本书，只有几十页，收录了当时有名的十位作家的散文，共十篇。每篇散文的篇幅都很短，并随文配了精致线描插图，画底衬以苹果绿的颜色，占整整一个页面。内文的字体很大，不像现在有的书的字号太小，费眼睛。我很喜欢读这本书，读了许多遍，抄录了其中的很多段落和句子。可以说，从那时起，我迷上了散文，仿照着书中的文字，开始写自己的"荔枝蜜"。谁没有属于自己的"荔枝蜜"呢? 它悄悄地藏在每一个孩子的甜甜的心里。散文，最适合也最方便帮助孩子挖掘出藏在他们内心中的"荔枝蜜"。

我买的第二本散文集是《迟归》，这也是一本很薄的小书。书的作者李冠军是一位中学老师，书中写的全部是他的校园生活，其中提到的学生和我的年龄差不多大，提到的老师和我熟悉的老师人影叠印重合，对我而言是那样亲切。我曾经也抄录过书中的《迟归》《夜曲》《共同的心愿》《球场外的掌声》等多篇，这本书几乎伴随我的整个中学时代，照葫芦画瓢，我学着写了好多篇关于我们学校内同学们一起学习生活的作文。

抄写《荔枝蜜》和《迟归》的笔记本还在，少年时幼稚却真挚的心迹至今犹存，温暖又温馨。

文学的品种有很多，除散文外，还有诗歌、童话、小说、戏剧、评论，等等。但是，我一直觉得，并且不止一次地说过，在阅读的最初阶段，还是应该有侧重、有选择地看。以我自己粗浅的阅读经历和成长体会来看，散文恰恰更适合最初接触文学的人们阅读，尤其是对于告别了童话故事的孩子而言，散文是最好的选择，小说应该在其后，这才符合一般人成长的心理特点和阶梯阅读的规律。

现在，摆放在读者面前的这一套暖心散文，所收录的内容，无论是写回忆，写感悟，还是写读书，都是经过精心挑选的，适合年轻读者来读的。在文字中，作者与读者之间产生情感交流，有所感，有所悟，有所碰撞与相融，才会使这三本小书真正成为暖心散文。

作为一个从阅读到写作的经历者，无论阅读还是写作，我有这样三点小小的体会，愿意"好为人师"地告诉读者朋友们，就算作"暖心提示"吧：

一是小一点儿。不要贪多，更不要贪大求全。我自己读中学一直到读大学期间，都没有读过或读全四大名著，为什么要求我们在小小的年纪就一定读完这样的大部头？我最初选择阅读散文，就因其短小精悍。小，才容易读，才容易学，才容易把握住，才容易消化，从而真正变成自己的营养。这样的营养，不仅帮助我们写作，更帮助我们成长。

二是抄一点儿。好记性不如烂笔头，我相信每一位优秀的作家，每一位优秀的学生，都不会没有过抄书的经历。抄一点儿，帮助我们记忆，也帮助我们学习。过去有句俗语："熟读唐诗三百首，不会作诗也会吟。"还有句俗话："天下文章一大抄。"这里的"读"和"抄"，实际上讲出了抄书的重要性。只读书，不抄书，学习上的收获是不一样的。养成抄书的好习惯，然后再延伸到记笔记的好习惯，一辈子受益。

三是写短一点儿。孙犁先生曾经写过一篇很短的散文《菜花》。冬天的大白菜，放久了，菜头会长出黄色的小花来。孙犁先生写的就是这样不起眼的白菜花，并引申写了这样一段话："人的一生，无疑是个大题目。有不少人，竭尽全力，想把它撰写成一篇宏伟的文章。我只能把它写成一篇小文章，一篇像案头菜花一样的散文。"这是经验之谈，足可供我们思考和学习。最初的写作，不要贪大求全，不要总想着作孙犁先生说的那样的"大题目"、写那样"宏伟的文章"；从这样如菜花一样短小的散文入手，无疑是最佳选择。

感谢出版社和编辑朋友编辑出版这套暖心散文。

期待读者朋友的批评指正，当然，也期待你们喜欢，更希望能够对你们有哪怕一点点的帮助或启发。

2022 年 11 月 4 日写毕于北京

目　录

卷一　青春阅读

读书确实是需要能力的，这样的能力，
谁都需要学习，需要锻炼和培养。

第一本书的作用力　　　　　　　003

读书是一种修合　　　　　　　　009

书和情人　　　　　　　　　　　012

读书的兴奋点　　　　　　　　　016

对读法　　　　　　　　　　　　024

童年是梦幻的写意　　　　　　　029

他将长生草留给水　　　　　　　034

少读宋词　　　　　　　　　　　040

少读唐诗　　　　　　　　　　　045

偷来的李长吉　　　　　　　　　051

米修司，你在哪儿啊？　　　　　054

《罗亭》笔记   059

阅读屠格涅夫   067

难忘泰戈尔   072

罗曼·罗兰帮我去腥   076

卷二 隔海听涛

不同的时代，每部作品都让我读出不同的味道，
这便是作家的魅力。

百年新娘   083

醋栗的幸福   090

《万卡》一百三十年   094

大自然的情感   098

大地上的日历

   ——读普列什文《林中水滴》 103

于·列那尔和他的《胡萝卜须》 109

读契佛   114

读卡佛   119

和历史调完情以后

   ——读《朗读者》   123

格拉斯剥洋葱辣了谁的眼睛   127

重读托尔斯泰   131

走近乔伊斯   136

花园像吊床一样接住星星

    ——读帕乌斯托夫斯基《一生的故事》 139

植物中的莎士比亚

    ——《植物的欲望》读后   144

门罗的叙事策略   150

一书犹望及生前

    ——重读奥兹   154

卷三　书边拾穗

好的语言带动着心情和感情、带动着人物和情
节，一起共舞，浑然共通。

铁木为什么只有前传

    ——孙犁先生逝世十年纪念   161

孙犁先生百年祭

    ——重读《曲终集》   170

秋千袜子和红棉袄   176

《我这九十年》读后 183

犹如树木进入夜色

　　——《在细雨中呼喊》读后 188

冬夜重读史铁生 195

你让我又想起妈妈

　　——读张洁《世界上最疼我的那个人去了》 201

小说的诗意 205

侠之隐去以后

　　——读《侠隐》有感 209

《聊斋》两读 212

夏日读放翁 220

读书改变人生质疑 226

读书破万卷质疑 230

卷一

青春阅读

读书确实是需要能力的，这样的能力，谁都需要学习，需要锻炼和培养。

第一本书的作用力

　　我第一次自己买的书，是花一角七分钱，在家对面的邮局里买了一本《少年文艺》。那时，我大概上小学三四年级，是二十世纪五十年代后期。那时候，邮局里的架子上摆着好多杂志，不知为什么，我选中了它。于是，我每月都到邮局里买《少年文艺》。

　　记得在《少年文艺》里最初看到了王路遥的《小星星》、王愿坚的《小游击队员》和刘绍棠的《瓜棚记》，我都很爱看。

　　其中有美国作家马尔兹写的一篇小说，名字叫《马戏团来到了镇上》，之所以把作者和小说的名字记得这样清楚，是因为小说特别吸引我，让我怎么也忘不了：小镇上第一次来了一个马戏团，两个来自农村的穷孩子从来没看过马戏，非常想看，却没有钱。他们赶到镇上，帮着马戏团搬运东西，可以换来一张入场券。他们马不停蹄地搬了一天，晚上坐在看台上，当马戏演出的时候，他们却累得睡着了。

这是我读的第一篇外国小说，同在《少年文艺》上看到的中国小说似乎不完全一样，它没有怎么写复杂的事情，集中在一件小事上：两个孩子渴望看马戏却最终也没有看成，让我感到格外异样。可以说，是它带我进入文学的领地。它在我心中引起的是一种莫名的惆怅，一种夹杂着美好与痛楚之间忧郁的感觉，随着两个和我差不多大的孩子睡着而弥漫起来。应该承认，马尔兹是我文学入门的第一位老师。

那时候，在北京东单体育场用帆布搭起了一座马戏棚，里面正演出马戏。坐在那里的时候，我想起了马尔兹的这篇小说，曾想入非非，小说结尾为什么非要让两个和我一样大小的孩子累得睡着了呢？但是，如果真的让他们看到了马戏，我还会有这样的感觉吗？我还会爱上文学并对它开始想入非非吗？

也就是从那时候开始，我忽然特别想看看以前的《少年文艺》，以前没有买到的，我在西单旧书店买到了一部分，余下没有看到的各期，我特意到国子监的首都图书馆借到了它们。渴望看全全部的《少年文艺》，成为那时候的蠢蠢欲动。那些个星期天的下午，无论刮风下雨，都准时到国子监的首都图书馆借阅《少年文艺》的情景，至今记忆犹新。特别是国子监到了春天的时候，杨柳依依，在春雨中拂动着鹅黄色枝条的样子，仿佛就在眼前。少年时的阅读情怀，总是带着你难忘的心情和想象的，它对你的影响是一生的，是致命的。

第一本书的作用力竟然这样大，像是一艘船，载我不知不觉地并且无法抗拒地驶向远方。

进入了中学，我读的第一本书是《千家诗》。那是同学借我的一本清末民初的线装书，每页有一幅木版插图，和那些所选的绝句相得益彰。我将一本书从头到尾都抄了下来，记得很清楚，我是抄在了一本田字格作业本上，每天在上学的路上背诵其中的一首，那是我古典文学的启蒙。

我的中学是北京有名的汇文中学，有着一百来年的历史，图书馆里的藏书很多，许多中华人民共和国成立以前出版的老书，藏在图书馆里面另一间储藏室里，被一把大锁紧紧地锁着。管理图书馆的高挥老师，是一个漂亮的女老师，曾经是志愿军文工团的团员，能拉一手好听的小提琴。大概看我特别爱看书吧，她便破例打开了那把大锁，让我进去随便挑书。我到现在仍然清晰地记得第一次走进那间光线幽暗的屋子里的情景，小山一样的书，杂乱无章地堆放在书架上和地上，我是第一次见到世界上居然有这样一个地方藏着这样多的书，真是被它震撼了。

在图书馆中翻书，是那一段时期最快乐的事情。我像是跑进深山探宝的贪心汉一样，恨不得把所有的书都揽在怀中。我就是从那里找全了冰心在中华人民共和国成立前出版过的所有文集，找到了应修人、潘莫华的诗集，黄庐隐、梁实秋的散文和郁达夫、柔石的小说，找到了屠格涅夫的六部长篇小说和契诃夫所有的剧本，还有泰戈尔的《新月集》《飞鸟集》和《吉檀迦利》，以及萨迪的《蔷薇园》和日本女作家壶井荣的《蒲公英》。

　　记得第一次从那里走出来，沾满尘土的手里拿着两本书，我忘记了是上下两卷的《盖达尔选集》，还是两本契诃夫的小说集。我们学校图书馆的规矩是每次只能够借阅一本书，大概高老师看见了我拿着这两本书舍不得放下任何一本的样子，就对我说："两本都借你了！"我喜出望外的样子，一定如同现在的孩子得到了一张心仪歌星的演唱会的门票一样。我和高老师长达近半个世纪的友情，就是这样开始的。

　　那时，我沉浸在那间潮湿灰暗的屋子里，常常忘记了时间。书页散发着霉味，也常常闻不到了。不到图书馆关门，高老师在我的身后微笑着打开了电灯，我是不会离开的。那时，可笑的我，抄下了从那里借来的冰心的整本《往事》，还曾天真却是那样认真地写下了一篇长长的文章——《论冰心的文学创作》，虽然一直悄悄地藏在笔记本中，到高中毕业也没有敢给一个人看，却是我整个中学时代最认真的读书笔记和美好的珍藏了。在以后的日子里，有一年，曾经见到冰心先生，很想告诉她老人家这桩遥远的往事，想了想，没有好意思说。

在我初三毕业的那年暑假，我认识了我们学校一个高三的学生，他的名字叫李园墙。那时，学校办了一个板报叫《百花》，每期上面都有他写的《童年纪事》，像散文，又像小说。我非常喜欢读，特别想认识他。就在这年的暑假，他刚刚高考完，邀请我去了他家里，他向我推荐了萧平的《三月雪》《海滨的孩子》和《玉姑山下的故事》，借给我上下两册李青崖翻译的《莫泊桑小说选》。这是我第一次知道法国还有个作家叫莫泊桑，他的《羊脂球》《我的叔叔于勒》《菲菲小姐》《月光》《一个诺曼底人》，都让我看到小说和生活的另一面。他说看完了再到他家里换别的书。我很感谢他，觉得他很了不起，看的书那么多，都是我不知道的。我渴望从他那里开阔视野，进入一个新的天地。

这两本书我看得很慢，几乎看了整整一个暑假，就在我看完这两本《莫泊桑小说选》，到他家还书的时候，他已经不在家了。他没有考上大学，被分配到南口农场上班去了。没有考上大学，不是因为学习成绩，而是因为他的家庭出身。

从他家出来，我心里很怅然。莫泊桑，这个名字一下子变得很伤感。他的小说，也让我觉得弥漫起一层世事沧桑难预料的迷雾。

其实，说实在话，有些书，我并没有看懂，只是有一些似是而非的印象和感动，但最初的那些印象，却是和现实完全不同的，它让我对未来的生活充满了想象，总觉得一定会有什么事情发生，而那一切将会是很美好的，又有着镜中花水中月那样的惆怅。我一直这样认为，青春季节的阅读，是人生之中最为美好的状态。那时，远遁尘世，又涉世未深，心思单纯，容易六根剪净，那时候的阅读，便也就容易融化在青春的血液里，镌刻在青春的生命中，让我一生受用无穷。而在这样的阅读之中，文学书籍的作用在于滋润心灵，给予温馨和美感，以及善感和敏感，是无可取代的。日后长大当然可以再来阅读这些书籍，但和青春时的阅读已是两回事，所有的感觉和吸收都是不一样的。青春季节的阅读和青春一样，都是一次性的，无法弥补。一切可以从头再来，只是安慰自己于一时的童话。

　　青春季节的阅读，确实是最美好的人生状态，是青春最好的保鲜剂和美容剂。但我始终以为青春的阅读，已经是较为成熟的阅读季节，它应该萌芽于童年，也就是说，童年时读的第一本书的作用力至关重要，它会是帮助你打下人生底子的书，潜移默化地影响你的一生。

读书是一种修合

　　牛津大学教授约翰·凯里，在他的《读书至乐》一书中这样说过："读书的特别之处在于——书籍这种媒介与电影、电视媒介相比，具有不完美的缺陷。电影与电视所传递的图像几乎是完美的，看起来和它要表现的东西没有什么两样。印刷文字则不然，它们只是纸上的黑色标记，必须经过熟练读者的破译才能具有相应的意义。"

　　我赞同他的说法。电影和电视时代乃至网络时代的到来，使得农业时代传统的纸面阅读受到了强烈的冲击，约翰·凯里教授强调的"必须经过熟练读者的破译才能具有相应的意义"，对于今天我们读书而言，格外具有现实的意义。他其实就是告诉我们，如今的读书已经成为一种能力，只有具备了这种能力，才能读出书本中相应的意义，当然还会从中感受到乐趣。这种乐趣和意义，更注重心灵与精神的层面。

只是，我们现在常常容易忽略心灵与精神，而是更加重视挣钱、获取财富或升迁的能力。阅读的能力，越来越被我们忽略，或者仅仅沦为一种应付考试的实用的能力。和前人相比，我们读书的能力已经大幅度地退步，起码和我们对财富能力的渴望与热度相比，不成比例。

但传统的纸面阅读，毕竟有着自己所不可取代的独特魅力。它古典式的宁静，和在白纸黑字之间弥散着的想象力和慰藉感，是任何其他阅读方式不可比拟的，从而成为现代生活选择的一种美好的方式。它起码让我们的情感和心绪以及心灵，有了一个与之呼应而充满着悠扬回声的空间。好书总能给予我们一个与现实相对比和对应的空间。好书总能够让我们仰起头，不再只注意自己鼻尖底下那一点点，而重新看一看头顶浩瀚的天空，太阳还在明朗朗地照耀着，只不过太阳和风雨雷电同在。不要只看见了风雨雷电就以为太阳不存在了。

我国是一个拥有热爱读书的传统的国家，读书应该成为我们民族不可或缺的内容之一，成为这个社会的良心，成为我们所有人感情、思想和精神的一种滋养。

读书确实是需要能力的，这样的能力，谁都需要学习，需要锻炼和培养。而这样的学习、锻炼和培养，首先需要跳出实用主义的泥沼，需要从孩子开始，从青春开始才行。因为读书和种庄稼一样，也是有季节性的，过了这村就没有这店。青春时读书，是最好的季节，最容易感受和吸收，最有利于孩子的自身心灵与精神的丰富和成长。回忆青春时节的读书经历和那些读过的书，便会想，如果漫长的岁月里我没有读过这些书，会是什么样的状况？也许，日子照样地过，依然活到了今天，但总觉得会缺少点什么。什么呢？我又说不清了，因为与看得见摸得着的过于实际的相比，它看不见摸不着，又不会那么实际实惠实用。细想一下，大概缺少的应该是阅读带给我的那种美感、善感和敏感，以及无穷的快感和乐趣吧？会让我的心粗糙而变成一块千疮百孔的搓脚石了吧？会让我的精神贫瘠而变成荒原一样荒芜了吧？

有这样两句古语我很喜欢，也常以此告诫自己。

一句是放翁的诗："晨炊躬稼米，夜读世藏书。"它能让我想起我们先人的读书情景，那时读书只是一种朴素的生存方式，一边煮自己躬身稼穑的米粥一边读书，而不是现在伴一杯咖啡的时髦或点缀。

另一句是北京明永乐年间开业的老药铺万全堂中的一副抱柱联："修合无人见，存心有天知。"说的虽是医德，其实也可做读书的座右铭，读书也是一种修合，不是给别人看的，也不是为别人读的，更不是为功名利禄看的。读书人的德行，心知书知，天知地知。

书和情人

前两天读美国作家乔·昆南的《大书特书》一书，看到他说："二十一岁以后买的书，凡是我真心喜欢的，都会保留。它们都是我的情人。"有些不以为然。二十一岁，就真的是判断一本书是否真心喜欢的分水岭？我看不见得。真心喜欢，需要时间的判断，一时的喜欢不能保证长久。

不过，他说的书是情人，倒是一个新鲜的比喻。

书买来是给自己看的，不是给别人看的，正经的读书人（刨去藏书家），应该是书越看越少，越看越薄才是，而不可能是越读越多，越读越厚。再多的书中，能够让你想翻第二遍的，就如同能够让你想见第二遍的好女人一样少。能够长久阅读的书，像是自己的情人，昆南说的这一点，倒没有错。尽管，如今情人已经贬值，不是玛格丽特·杜拉斯时代的情人，情人早就如衣裳一样可以频繁更换。但是，情人还是一个好的比喻。

想明白了这一点，望着自家书房里贴满两面墙的书柜里，填鸭一般塞满的那些书，有枣一棍子没枣一棒子买来的那些书，就会清晰地明白，那些并不是你的情人。说来很惭愧，不少书买回来却从来没有读过，任其尘埋网封，当时只不过图的是一时占有的快感。后来，放进书架上，想丢掉，舍不得；不丢掉，成为鸡肋。

曾经读过台湾作家林文月的《三月曝书》，有感而发，我写了一则《三月扔书》，就是说必须把那些根本不读的书彻底丢掉，不是你变了心，而是你根本没有动过心，因为它们根本没有成为你的情人。哪怕是露水般的情人都不是，因为你一次都没有看过它们。

所以，起码，一年开春时来一次，做个毫不留情的清洗，给拥挤的书架瘦身，使之清爽一些。让自己也清心一些，明目一些，亦即如放翁诗云："养苗先去草，省事在清心。"

在扔书的过程中，我这样劝解自己，没有什么舍不得的。那些丢掉的书，不是你的六宫粉黛，不是你的列阵将士，不是你的秘籍珍宝，甚至连你取暖烧火用的柴火垛和如厕的擦屁股纸都不是，是真用不了那么多的。你不是在丢弃多年的老友和发小儿，也不是抛下结发的老妻或新欢，你只是摈弃那些虚张声势的无用之别名，和以为书中自有颜如玉、书中自有黄金屋的虚妄和虚荣，以及名利之间以文字涂饰的文绉绉的欲望，或者自以为是的自我安慰。

我不知道别人如何认为和所为，由于这些年出书的门槛越来越低，敬惜纸墨的传统越来越薄，书的垃圾便越来越多。对于我，这些年扔掉的书比现存的藏书肯定要多，甚至比读过的书都要多。尽管这样，那些书依然占有我家整整十个书柜。我下定决心，一定要做一次彻底的清理，坚决扔掉那些可有可无的书，包括我自己出过的一些书。

只有扔掉书之后，方才能够水落石出一般，彰显出剩下的书的价值和意义。一次次淘汰之后，剩下的那些书，才可以称之为你真正要读的书。正如罗曼·罗兰曾经说过的那样：人生在世，真正称得上好朋友的，只要那么几个。你真正要读的书，其实也只有那么几本。读书的过程，就是这样大浪淘沙的过程，在彼此的选择和筛取中，让最后这几本书，呈现在你的生活进程和生命的年轮中，而不仅仅只是过眼烟云，瞬间匆匆点燃便迅速消失的绚烂烟花。

这样被淘洗后越读越少、越读越薄的书，才会是有生命和情感的书。它们与我不离不弃，显示了它们对于我的作用，是其他书无可取代的；我对它们形影不离，说明了我对它们的感情，是长期日子中互相依存和彼此镜鉴的结果。

　　这样的书，才不仅仅是你萍水相逢的露水情人，而是和你定下终身的伴侣。这样的书，才如同由日子磨出的足下老茧，不是装点在面孔上的美人痣，为的不是好看，而是走人生之路时有用。读书，这时候才有了相互依存的价值，有了彼此快慰的乐趣，有了两者交流和心心相印以及日日相伴般的情感。

读书的兴奋点

在读书的时候，每个人的兴奋点是不同的。我的兴奋点在哪里？在细节。我一直这样认为，一篇文章也好，一本书也好，感动我们的其实就是细节。有时候会发现，比如看一场电影，或者看一出戏，过了一段时间，其中的人物和情节都淡忘了，但唯独还有一两个细节足以打动我们，让我们难以忘怀。同样，一篇文章也好，一本书也好，人物、情节、思想、结构都很容易找到，但这一切都需要有足够的细节，而这些细节又必须是真实生动的细节，这样，才能支撑起整篇文章或整本书来的。所有的人物、情节和思想，都是要依赖于这些细节成立，否则，思想就只是一张苍白的纸，情节只是虚设或雷同的，人物只是一个稻草人。这就像盖房子之前得有砖瓦、水泥等基本材料，然后才谈得上房子的大小、式样、风格乃至最后的完成。看这些材料，作者是从哪里得来，又是怎么样运用到文章中的，便是写作的方法。

泰戈尔的《喀布尔人》，写的是一位远离家乡的卖货郎思念小女儿，如何表达这种思念之情呢？仅仅说非常想念，日夜想念，做梦都在想念，行吗？那样，会太空洞，或太一般化。泰戈尔最后依托的是那张印有小女儿小小手印的纸。这张纸一直藏在货郎的身上，即使是坐牢也没有把它弄坏弄丢。文章前面写了很多卖货郎的事情，像一个跳高运动员从远处开始跑步，是在助跑，是在积蓄力量，为了这最后的一跃——展现给读者的这张纸，从而打动读者，并让这位父亲对女儿的思念之情淋漓尽致地得到了宣泄。这张印有女儿小小手印的纸，就是细节。

意大利作家皮兰德娄的《西西里柠檬》，是他早期写的一篇短篇小说，写的是一位家乡是西西里岛的小伙子，风尘仆仆地到城里看望他的恋人，可恋人却已经把他遗忘并移情别恋攀附上了富人的故事。如何展现这样两个年轻人截然不同的形象呢？靠的是小伙子带来的家乡的西西里柠檬。小伙子离开后，那些柠檬留在了那里，他的女朋友该如何面对这些曾经非常熟悉的柠檬？无疑，柠檬成为代表乡间纯朴的象征物，成为感情的象征物，也成为两个人形象的延伸。这些柠檬，就是细节。

意大利还有一位作家，叫贾科莫，他写过一篇《没有见到儿子》，写一位母亲去孤儿院看望儿子，她是因为自己的丈夫死了，生活困苦不得已将儿子送进了孤儿院。好长时间没有见到儿子了，她非常想念。虽然很穷，但在去孤儿院的路上，她还是买了三个苹果。谁能想到儿子已经死在孤儿院里了。孤儿院的院长不忍心告诉她这个实情，让她下星期一再来。她把这三个苹果放下，让院长转交给儿子。小说到这里结束。你可以想到，她的儿子无法吃到她买来的这三个苹果了。儿子不在了，三个苹果还在那里，有和无之间的对比，让人心痛。如果没有这三个苹果，该如何写母亲对儿子的思念和失去儿子的悲哀？这三个苹果，就是细节。

　　老舍的《热包子》，同样写的是一对年轻人，不过不是恋人的关系，而是已经升级为夫妻。小夫妻之间摩擦之后，妻子一气之下，离家出走半年，丈夫盼望着她归来。终于盼到妻子归来的那一刻，他的举动非常特别。他不是像现在我们常看到的电视剧里演的那样，先拉着妻子的手道歉或煽情，而是立刻先跑出家门。旁人问他这么着急忙慌地干吗去，他先是欢喜得说不出话来，然后趴在人家的耳边说了句："我给她买热包子去。"他把"热"字说得分外真切，而热包子正是妻子平常最爱吃的。买热包子的这个举动，让这个丈夫与妻子阔别重逢的喜悦心情和憨厚的形象凸显。这个热包子，就是细节。

孙犁的《红棉袄》，写的是一个十六岁的农村姑娘。抗战期间，患有"打摆子"重病的八路军战士突然来到她家。这时候，家里只有她一个人，她一个女孩子，该怎么样面对这突然到来的一切，去照顾瑟瑟发抖、不住呻吟、身子缩拢得越来越小的男战士？她是热爱八路军的，面对这样的八路军战士，她一定要表达自己对他们的热爱之情。该怎么表达呢？孙犁没有写别的，只是着重地写了她脱下自己在这一天早晨才穿上的新的红棉袄，给战士盖上。她用这件看得见的新红棉袄，表达出了看不见的心情和感情。如果没有这件红棉袄，光是说她怎么样烧炕取暖，怎么样烧水做饭，怎么样说着关心的话语，还能够有这件红棉袄更突出小姑娘的形象吗？这件新的红棉袄，就是细节。

当然，上面举的这几个例子，有手印的纸、柠檬、苹果、热包子、红棉袄，都是具体的东西。这样的细节，在书中表现得最多，也最容易被我们发现。除此之外，还有很多细节的表现方式，需要我们仔细寻找和体会。

张爱玲在《茉莉香片》中，写到一个男大学生坐在公交车上，看到身后站着一个人，手里抱着一大捆杜鹃花，"人倚在门口，那枝枝丫丫的杜鹃花便伸到后面的一个玻璃窗外，红成一片。"在书中，男大学生和后面即将出场的女大学生才是主角，这个抱杜鹃花的人，只是一个过场人物，但他和他抱的杜鹃花，却是这场戏中必不可少的细节。等女大学生出场了，男大学生讨厌她，不愿意见她，也不愿意和她多说话，终于等到这个女大学生下车了。"前面站着的抱着杜鹃花的人也下去了，窗外少了杜鹃花，只剩下灰色的街。他的脸，换了一幅背景，也似乎黄了，暗了。"看，前后出场两次出现的杜鹃花，前面是红成一片，后面是黄了暗了，不同的色彩变化，其实是男大学生的心情写照。如果没有杜鹃花，该怎么写？即使写了，也会直白，少了味道。你看，同样也是具体的杜鹃花，但是，它和前面出现的细节表现形式不一样。前面出现的所有细节，都是和主人公密切相关的，是属于主人公自己的细节，而这里的杜鹃花纯粹属于节外生枝，属于张爱玲自己的呼之即来挥之即去的，却一样起到了表达心情的重要作用。看似信笔随意，却是精心构制的细节。

再举一个例子。美国作家卡佛有这样一则小说，题目叫作《软座包厢》，写一个父亲乘坐火车去看望八年未见的儿子。八年前，因为儿子，父亲和母亲离婚，在争吵中母亲把碟子一个接一个往地上摔，儿子冲过来，和父亲打起来，父亲把儿子推到墙上，威胁要杀了他。那是父亲最后与儿子和妻子的见面。如今，坐在火车的软座包厢里，想起那可怕的一幕，像发生在别人身上的事情。他点着一支烟，望着窗外，看到了这样一幕街景："火车鸣叫着汽笛飞驰过一个路口，拦路杆已经放下了，他看见一个穿着毛衣的年轻妇人，挽着头发，推着自行车，看火车一闪而过。"

就是这样一个场景，火车驰过的一个路口，推自行车的女人，与作为主人公的父亲，没有一点关系，只不过是一闪而过。可以说没有这个场景，一点不影响小说情节的进展。那么，这个场景起到什么样的作用？小说紧接着是这样写的："拍着儿子的肩头，你妈妈还好吗？他可能会这样问儿子，有你妈妈的消息吗？"一下子，从火车驶过的路口，跳跃到这样的描写里。从客观的场景，跳跃到主观的心里；从眼前看到的场景，跳跃到内心的想象之中。其实，在这里卡佛真正要说的是后面他对妻子微妙的心理：怨恨过后的关心。但他没有这样直接地表达，而是借助了这个场景作为跳板起跳。如果没有这块跳板，会让后面的心理想象有些突兀，有了这块跳板，就像触景生情，就是意识流，使得后面的描写自然而亲切，让我们容易接受并产生共鸣。

在这里，细节不再是具象的一个物，也可以是一个场景，甚至是一种景色，这样的细节，能够起到同样的作用，甚至比前面所说的那些具象的物所表现的细节，更为新鲜且亲切自然。

在读书中重视阅读这些并体味那些表现形式不同却作用相同细节的目的，是希望帮助自己在生活中寻找到并能够捕捉得到这样的细节。

实际上，在我们的生活中蕴藏着丰富的写作素材，但就这些素材而言，更重要的是生活中那些生动细致的细节。素材可能是一堆，而细节则只会是那么很小一点或几点而已。你可以看到我所举的那些例子，都是作者在生活中自己感受到的，有了这些细节，才会使得文章感人。

细节虽小，却是文章生命的细胞，缺少了细节的文章，很难写得动人。缺少细节，文章只是一堆臃肿的素材堆积。缺少细节的书，不是什么值得读的好书。

无论是一本厚厚的书，还是一篇短小的文章，往往需要生动的细节点燃，才能够迸发璀璨的火花。那些看似微不足道的细节，在文章中却举足轻重。如同泰戈尔所说的：斧头虽小，却能砍断大树。

法国音乐家德彪西的家人在回忆德彪西小时候的一则逸事时说，小时候父母给钱让孩子们买早点，其他孩子都是拣最大的糖果，唯独德彪西拣最小最贵的，在儿童时代，德彪西便说："大的东西让我恶心。"大了以后，德彪西的音乐之路，依然秉承着对小的一以贯之的钟情。尽管德彪西说得有些夸张和极端，但从根本而言，这是一种对生活与艺术的选择和态度。珍惜并书写那些小的东西，正是文学与艺术创作的规律。德彪西说的小的东西，就是细节，就是我们在阅读和写作中最值得寻找的东西。

对读法

　　吴小如先生读书经验之一，有"对读法"一说。吴小如先生讲，对读，就是比较。我的理解，就是将两篇或几篇写法或内容相似的文章拿来，对照着读。这是一种非常有趣的读书方法。按照吴小如先生说的这种"对读"的方法，我进行了一次实验，收获不小。

　　我将契诃夫的小说《新娘》和沈从文的小说《菜园》放在一起"对读"。两篇小说的情节都很简单，用几十个字便可以把它叙述如下。

　　《新娘》讲的是五月里苹果花盛开的果园，新娘娜嘉出嫁前夕，在祖母家居住的远亲沙夏劝她不要忙于出嫁，应该打开家门去上学学习，把眼前这种无聊庸俗的生活"翻一个身"。沙夏成为娜嘉人生的导师，她听从了他的劝告，认识到自己以往的生活以及她的未婚夫、祖母和母亲都是渺小的，便和他的导师沙夏一起离家出走，远走他乡。一年过后，又一个五月的春天，当她重返家乡，她已经是一个新人了，家乡沉闷的一切让她越发格格不入。引导她前进的导师沙夏死去了，她更是无所牵挂，最后一次走进果园之后，娜嘉再次毅然地离开家乡，朝气蓬勃地投入了新的生活。

《菜园》讲的是玉家母子种一片菜园为生，儿子二十二岁生日那一天，大雪过后，母亲在菜园里备下一桌酒席，为儿子过生日。儿子提出要去北京上学。三年过后的暑假，儿子带着儿媳妇回来，儿媳妇爱菊花，母亲便在菜园里留出一片地专门种菊花。谁知儿子儿媳妇却因是共产党而被杀头，这一年秋天，菜园开遍菊花，玉家菜园渐渐成为玉家花园。三年过后，儿子生日那天，天降大雪，母亲把家产分给几个工人，自己用一根绳上吊自尽。

从小说这样简单的叙述中，能够看出这两篇小说的写法中有如下相似之处——

第一，无论新娘娜嘉，还是玉家的儿子，都是因外出上学而告别家乡，告别旧生活，走向一种新生活。

第二，小说选择的故事发生的重要节点是相似的。《新娘》中，娜嘉在出嫁前夕离开家乡和再一次回到家乡做彻底的告别，都是在五月的春天。《菜园》中，玉家儿子离开家乡外出上学和最后母亲的自杀，都是在儿子生日这一天，一个是大雪过后，一个是天降大雪。一个春天花开，一个冬天下雪。

第三，小说背景的写法，其实也是大同小异的。《新娘》前后人物出现并呼应的背景，都是在果园里。《菜园》前后人物出现和呼应的背景，都是在菜园里。只不过，前者突出的是苹果花盛开，后者突出的是大雪纷飞。

起码，我找到了这样三点相似的写法，就会发现，小说万变不离其宗，说故事再如何编法不同，人物再如何写法不同，总会有类似的地方出现，这便是我们常说的规律。任何文章，再怎么说文无定法，其实都是有规律可循的。这样三点相似的地方，给我的启发是，如果我写小说的话，在设计人物的行动动机、故事发生的时间节点和小说的整体背景时，完全可以借鉴这样的写法。当然，这只是小说众多写法之一种，但是，先把这种写法学会了，会慢慢积少成多，方法不就越来越多了吗？

可以看出，无论是契诃夫的《新娘》，还是沈从文的《菜园》，在这三方面并非随意，都是精心设计的，才会写得这样好，这样让人难忘。

找到这两篇小说写法的相同，再来找这两篇小说不同的地方，在异同之间寻找小说阅读和写作中规律性的东西，是很有意思的事情。

首先，两篇小说的主旨不一样。《新娘》有明确的对旧生活的批判，《菜园》则没有这样明确的指向。相反，过去的菜园很美，儿子的新生活打破了这种平静的田园生活，最后是母亲死去。《新娘》所表达的，是生活的意义；《菜园》所表达的，则是人生的况味。

其次，从两篇小说所极力烘托的背景不同，可以感受到它们所要抒发的感情是不同的。《新娘》，五月苹果花开的花园是美丽的，如此美丽的花园，是自己要与之告别的，也就是说是自己的手破坏掉的，是人物内心的一种追求，有别于花园更为美丽的所在。《菜园》，曾经美丽的菜园，最后成为大雪纷飞中的一片凋零颓败的景象，是平静生活的被打破，是外界力量的破坏，是人生无常的一种表现。

最后，《新娘》中娜嘉的导师沙夏死了，追求新生活的新娘还活着；《菜园》里的母亲死了，追求新生活的儿子也死了。这样人物生死的处理，非常有意思，体现了两位作家对生活与艺术不尽相同的认知。沙夏死了，追求新生活的新娘还活着，说明新生活还在追寻中；母亲死了，追求新生活的儿子也死了，说明新生活还在迷茫中。

读书的方法有许多，"对读"不过是其中一种。读书的方法，在于我们在读书的时候不断总结，不断摸索。读书的方法越多，我们的收获就会越多。在读书过程中找到属于自己的新方法。自己找到的方法，更方便，更好使，就像我以前在农村里麦收时使用的镰刀把，自己到林子里找到的木头自己加工，使着才格外合手。

童年是梦幻的写意

　　《少年文艺》伴随我升入中学。在整个童年时期，想想还是马尔兹留给我的印象最深，如果再让我想一位作家的话，那就是我国的任大霖，我也是在《少年文艺》上看到他的小说之后，买了他当时所有能够买到的小说集和散文集，让我难忘的是他写的《打赌》和《渡口》。现在想想，《打赌》和《渡口》同《马戏团来到镇上》一样，弥漫着的都是那样一丝淡淡的忧郁。文学最初留给我的印象，不是那个时代流行的峨冠博带的赞美诗，也不是后来我看到的小布尔乔亚或自诩进入中产阶级的假贵族的自我感觉良好。它显得有些布衣褴褛，是匍匐在地上的行吟。

　　在我十岁左右的时候，看过任大霖写的一组散文《童年时代的朋友》，怎么也忘不了，便记住了他的名字。在我寂寞贫寒的童年，他的作品曾陪伴我。我便觉得自己在心里和他交往许久、许久。

我到现在还能记住当年读完他的《渡口》《打赌》时的情景：落日的黄昏，寂寥的大院，一丝带有惆怅的心绪，随晚雾与丁香轻轻飘散。上了中学，我曾经将这两篇文章全文抄录在我的笔记本上，并曾经推荐给我的好多同学看。时间过去了很久，我依然可以完整无缺地讲述这两个故事。

怎么也忘不了那两个故事，即使到现在，五十年光阴过去了，还是觉得它们是大霖先生写得最好的作品。

小哥俩吵架，哥哥一气之下离家出走，弟弟一直在渡口等哥哥回家，为看得远些，弟弟爬到了一棵榆树上。傍晚的渡口是多么荒凉，等到了半夜，弟弟睡着了，哥哥回来了，听见哥哥叫自己，弟弟一下子从一人多高的榆树上跳下来，吵架后的重逢，兄弟亲情才分外浓郁。大霖说："渡口有些悲怆。"这是只有亲身经历亲情碰撞的人，才会感到的悲怆。我知道大霖先生确实有个哥哥，叫任大星，也是一位作家，他写过的小说《野妹子》，我也读过。我曾经悄悄地猜想，他在《渡口》里写的哥哥，会不会就是任大星呀？

为和伙伴打赌：敢不敢到乱坟岗子摘一朵龙爪花，"我"去了，半路上怕了，从夜娇娇花丛中钻出一个小姑娘杏枝，手里拿着装有半瓶萤火虫的玻璃瓶，陪"我"夜闯乱坟岗子。

打赌胜利了，伙伴讽刺"我"有人陪，不算本事，并唱起"夫妻两家头，吃颗蚕豆头，碰碰额角头"，嘲笑"我"。于是，又打了一次赌：敢不敢打杏枝？为证明自己不是和杏枝好，"我"竟然打了杏枝。这个在孩提时代容易发生的事，被他写得那样委婉，美和美的破坏后的怅然若失，让我的心里和小说里的"我"一起总会想起杏枝委屈的哭声。小说的最后一节，写得最为精彩。多年过后，杏枝已经成为生产队长，"我"回故乡，没有见到她，见到了她的哥哥长水，说起童年打赌的事，她哥哥摇头说完全不记得了，"我想这不是真话，一定是长水怕难为情，不想谈它"。成人和童年的对比，完全是两幅画，成人如果是写实的工笔，童年则是梦幻般的写意。

我喜欢大霖先生这样梦幻般的写意。中学时代，我买了大霖先生当时的全部著作，包括《蟋蟀及其他》《山冈上的星》，以及薄薄单行本《小茶碗变成大脸盆》。读高中时，《儿童文学》创刊，我在上面陆续读到他的《白石榴花》《戏迷四太婆》等文章，觉得比以前的作品更为精致。我不知别人如何评价大霖先生的作品，对于我，一个作家的作品从小学一直陪伴到我高中毕业，如影相随，如风相拂，实在是难得而美好的回忆。

那时候，我悄悄地萌生做一名儿童文学作家的念头，那该是一桩多么美好的事，就像大霖先生一样。我也曾经悄悄地写过几篇东西，完全是模仿大霖先生，写自己的童年回忆，写自己的兄弟，童年的杏枝。

我从未想要见到大霖先生。我一直认为喜欢一位心仪的作家，看作品比看本人更为重要。喜爱他或她就认真地读他们的作品，作家生命的气息和情感，便会从书页间扑面而来，与你相通相融。

如果不是1992年的春天，我到上海参加一个会议，也许永远不会和大霖先生见面了。那个春天，在普希金像旁，我们一见如故。我向他表示我的敬意，列数一系列他作品的篇目，让他有些惊讶，觉得绝非萍水相逢的即兴之辞。他的温和友善，一如他的作品。他就那么坐在那里，静静听我讲，说话不多。

我讲了他作品中有浓厚的屠格涅夫《猎人笔记》的影子，比如《白石榴花》。也讲了不大喜欢他后期一些主题色彩过重的作品。我甚至举了他六十年代的代表作《在灿烂的星空下》，也不如他早期的《童年时代的朋友》那样天然真纯，弥漫着少年一丝淡淡的忧郁。《在灿烂的星空下》里，这种调子一下子变得过于明显的明快。写了一个江南水乡的少年和一个上海郊区的少年，都热爱科学，憧憬生活，两个少年在灿烂星空下巧妙地衔接，虽然构思巧妙，毕竟看出了人为的痕迹，而让"我"面对美好的星空朗诵"星垂平野阔，月涌大江流"，然后引出少年对星星和月亮的疑问，表达对自然科学的憧憬，也显得有些做作……他都一一点头。由于真心喜爱他的作品，又是从小留下深刻的印象，便没有刹住闸，一下子讲了那么多。他不怪我，相反显得有些激动。

然后，他站了起来，让我等一会儿。不过一会儿的工夫，他从办公室取来两册厚厚的《任大霖作品选》送给我。我知道书的分量。它们是他一生心血的结晶。那里有他生命的轨迹，也有我童年的梦。

我一直想写一篇论述大霖先生创作的长文章。我不见得会比评论家和研究者写得更好，但我觉得我最有发言权。因为我是从一个读者的角度，从一个从小就受他作品滋养的角度，便不仅仅论述作品的艺术创作，而是涉及儿童文学参与人生命的塑造、灵魂的哺育、心灵的滋润，这样一个对于我们自己和后代一样适用的话题。优秀的儿童文学作家，是人生路上无可取代的一棵大树，绿荫如盖，将庇护我们从小到老。我们老了，他们依然年轻，绿荫葱茏。

他将长生草留给水

　　今年的1月3日（编者注：郭风先生于2010年去世），郭风先生去世了。再过几天，1月29日，就是先生九十二岁的生日，按理说，应该算是喜丧，但心里还是充满着悲伤。

　　1月3日，北京下了一天一夜的大雪，是北京六十年历史中从来没有过的大雪。就像三十二年前先生在他的那篇曾经被选入小学语文课本的代表作《松坊溪的冬天》里写过的雪，"像柳絮一样的雪，像芦花一样的雪，像蒲公英的带绒毛的种子在风中飞的雪"。没有想到，先生就在这样的大雪中走了。三十二年前，先生说他看到了一个"发亮的白雪世界"，在这个世界里，他看见了一群彩色的溪鱼。真的希望，先生离开我们到的那个世界里，还能够看到一个"发亮的白雪世界"和一群彩色的溪鱼。先生一辈子都是用童话般的眼睛看待生活和世界的，他一定会看到这样的情景的。

往事如水，岁月如风，很多回忆一下子拥挤在脑子里。论年头，我和郭风先生交往不是最长的，也不敢说读他作品是最早的，却也颇有些年头了。

1962年，我读初中二年级。在当时的北京东安市场的旧书店，我买了郭风先生的《叶笛集》。这本散文诗集，收录的是郭风先生1957年冬天到1958年夏天写下的作品。当时，我仅仅花了一角钱。

我很喜欢书中描写的红色的香蕉花、米黄色的荔枝花和月白色的橘子花，以及那"美丽的好像开花的土地"的榕树，"腊月里蜜蜂还出来采蜜"的故乡。我还曾经抄过、背过书里面那些散发着豆蔻香味一样的散文诗句："雨点敲打着远处一大群一大群相互依偎的绵羊似的荔枝林，那林梢仿佛在冒着白色的烟雾。""云絮浮在空中，好像一只蓝酒杯中泛起的泡沫。太阳挂在空中，好像一朵发光的向日葵。""明媚得好像成熟麦穗的天空……"

心想，只有拥有童心的人，才会有这样鱼鸟皆随性、草木自吹香的心性，才会在笔下流淌出这样新颖而明朗的语言，才会像小孩子的心思一样充满奇思妙想，把荔枝林比作相互依偎的绵羊，把云絮比作蓝酒杯中的泡沫，把天空比作成熟的麦穗。那样的透明、清澈。当时让我的心里充满花开一般的向往，如今遥远得犹如一个梦，一个怅然的梦。

　　我从来没有想到会有一天能够遇见这本书的作者郭风先生。即使以后曾经多次到过福州，曾经到过郭风先生住过的黄巷老街徜徉，但我从没想要打搅先生，我一直以为真正喜欢一位作家，就老老实实买他的书，读他的作品。

　　十八年前，也就是1992年的4月，我再次来到福州。我的朋友，当时福建作协的秘书长朱谷忠，来我住的于山宾馆，接我去和当地的文学爱好者座谈，一边往外走，他一边对我说："郭风先生也来了。"我的心里一动，怎么这么巧，想见的人就在眼前了。这时，已经看见一个精神矍铄的老人正站在四月龙眼花开的树下，我紧跑几步，向他跑了过去，蹦在脑海里第一个镜头就是那本《叶笛集》，便先忍不住对他讲起了三十年前我花一角钱买过的那本《叶笛集》。他微微地笑着，望着我，和蔼地听我说着。

　　如今，虽然已经过去了四十八个年头，这本《叶笛集》现在还保存在我的书架上，伸手就可以摸到，我常常还会拿过来翻开。就像一位老朋友，相逢的时刻和回忆的味道，总是交织在一起。

　　今天，写这则文字的时候，书就在身边，我再一次拿过来翻看的时候，才发现一本书对于一个人成长的作用和分量。

虽然，这只是一本薄薄的仅仅有九十三页的小书。

我曾经把它带到插队的北大荒，很多同学都借去看过。当时，书放在荒原上的马架子里藏着，纸页已经被北大荒的雨水浸蚀得发黄，骑马钉脱落，封面被我用胶条粘着。动荡的生涯中，几经迁徙，许多书都丢失了，这本《叶笛集》却从北京到北大荒，又从北大荒到北京，还有多次的搬家，竟然奇迹般地保留下来。我知道，人这一辈子，像会遇见许多人一样，也会买过并读过许多的书，但真正能够在四十八年漫长的岁月里一直保留在你身边的，正如你不会太多地记住曾经见过的那些过眼烟云的人一样，也并不会太多。

我格外珍惜这本《叶笛集》。看到它，我就会想起我的学生时代，想起我在北大荒，更会想起郭风先生。

想起郭风先生，有这样两件事情，拔出了萝卜带出泥一般，不由自主地跳了出来。

一件是第一次见到他时，在和文学爱好者的座谈会上他讲的话，给我的印象很深。其实，那一次，他一共就讲了两句话，一句是："我出了三十几本书，没有一本满意的，到了老年才好像刚刚进了门。"一句是："作家的自我感觉不要太良好，应该总像失恋一样，心里总有些怅惘。"他不是一个善于讲话的人，因此不像有的作家能够舌灿如莲，但他讲得很真诚，他的这些言简意赅的话，对于今天仍然有着警醒的意义。

另一件事情，是前几年我在信中向他询问法国象征派诗人果尔蒙的《西茉纳集》，我没有读过，知道先生年轻时就喜欢这位诗人，便向他讨教。没想到很快我就收到先生复印的厚厚一大摞《西茉纳集》，是戴望舒翻译的。想想他那么大年纪跑去为我复印，并替我邮寄，让我感动的同时，也真是感到不安。

> 西茉纳，太阳含笑在冬青树叶上；
> 四月已回来和我们游戏了。
> 他将些花篮背在肩上，
> 他将花枝送给荆棘、栗树、杨柳；
> 他将长生草留给水，
> 又将石楠花留给树木，
> 在枝干伸长着的地方；
> ……

想起这样的诗句，是因为我想起了那年的四月第一次见到郭风先生的情景。"他将长生草留给水，又将石楠花留给树木"，多么美的诗句。如今，郭风先生已经离开我们了，忍不住想起了《叶笛集》，想起这些往事，想起先生那如圣诞老人一样慈祥的面容。

他将长生草留给水，又将石楠花留给树木，他将岁月留给了他的文字。

少读宋词

　　那时，五元钱买三本书，还能剩下钱。那是四十多年前，我上初中二年级，趁着父母没在家，悄悄地打开了家里的小牛皮箱，偷了家里的五元钱，跑到大栅栏里的一家新华书店，买了三本书。回到家里，挨了爸爸的一顿打。那大概是我生平第一次挨打，我牢牢地记住了那滋味。四十多年过去了，许多书在岁月的迁徙中丢失了，这三本书却一直保存着。书的封面和里面的书页已经卷角或破损，那是青春和时光留下的纪念。

　　这三本书中，有一本是中华书局出版的《宋词选》，胡云翼先生选注。因为在买书之前，我刚刚在学校的图书馆里看到胡先生在二十世纪三十年代写过的散文，一看他不仅写散文，还选注宋词，便买下了这本书。小孩子买书，总是凭兴趣和好奇心的驱使。

我很喜欢这本《宋词选》，即使三十多年过去了，以后我还见过宋词的一些其他选本，我依然认为这个选本最有特点。特别是胡先生的前言写得很好，很详尽，又深入浅出，有自己的眼光和见识。虽然，在当时时代大背景下，里面的前言和注解有一些硬贴上去的政治色彩，但总体上选得精当，前言论述宋词发展的脉络清晰，评价得当。每位词家前面的介绍，文字不多，却学问精深，有很高的史料价值。

　　那时，我每天晚上读这本书上的一首宋词，然后抄在一张纸条上。第二天上学时带在衣袋里，在路上背诵。

　　我好长时间上学是走路，从家里到学校要走半小时，这半个小时足够把这首宋词背下来了。"无可奈何花落去，似曾相识燕归来，小园香径独徘徊。"（晏殊《浣溪沙》）"舞低杨柳楼心月，歌尽桃花扇底风。"（晏几道《鹧鸪天》）"会挽雕弓如满月，西北望，射天狼。"（苏轼《江城子》）"天涯也有江南信，梅破知春近。"（黄庭坚《虞美人》）"无奈归心，暗随流水到天涯。"（秦观《望海潮》）"九万里风鹏正举，风休住，蓬舟吹取三山去。"（李清照《渔家傲》）……多少美妙无比的宋词，都是在这上学的路上背诵下来的。有这些宋词相伴，那些个日子真是惬意得很。一张张抄满宋词的小纸条揣在我的衣袋里，沉醉在悠悠宋朝的春风、秋雨、落花、流水之中，身旁闪过车水马龙喧嚣的街景，便都熟视无睹，或都幻作宋代的勾栏瓦舍。半个小时的路，便显得短了许多，也轻快了许多。

少年不识愁滋味，正是不知天高地厚的年龄，可能是青春期的逆反心理作怪，偏偏不喜胡云翼先生在前言里推崇的柳永、周邦彦。胡先生高度评价"北宋词到柳永而一变"，又极其赞美说周邦彦是"以高度形式格律化被称为'集大成'的词人"。我不以为然，以为柳永的词有些啰唆直白，周邦彦的词又太文绉绉，有些雕琢。那时，我就是这样自以为是。那时，我喜欢辛弃疾，喜欢秦观；喜欢辛弃疾的阳刚之气，喜欢秦观的阴柔之美。

古人说："子瞻（苏轼）词胜乎情，耆卿（柳永）情胜乎词；辞情相称者，唯少游一人而已。"这评价似乎有些过，但秦观的词，那时我确实喜欢。他的《鹊桥仙》和《踏莎行》用精美的意象和朴素的词句传达了人类共同拥有的感情，那时我背得滚瓜烂熟："金风玉露一相逢，便胜却人间无数。""两情若是久长时，又岂在朝朝暮暮。""雾失楼台，月迷津渡，桃源望断无寻处。"……即使到现在依然记忆犹新。

辛弃疾的许多词句令我的心怦然而动："落日楼头，断鸿声里，江南游子，把吴钩看了，栏杆拍遍，无人会，登临意。""斫去桂婆娑，人道是，清光更多。""青山遮不住，毕竟东流去。""闲愁最苦，休去倚危栏，斜阳正在烟柳断肠处。""江头未是风波恶，别有人间行路难。""醉里挑灯看剑，梦回吹角连营。八百里分麾下炙，五十弦翻塞外声，沙场秋点兵。""何处望神州，满眼风光北固楼。千古兴亡多少事？悠悠。不尽长江滚滚流。"……

不用说，喜欢的辛弃疾的这些词，染上了我的初中二年级学生心中向往和想象的色彩，和辛弃疾一起登上建康赏心亭、赣州造口壁、京口北固楼，以及那轩窗临水、小舟行钓、春可观梅、秋可餐菊的稼轩新居。那种词句和心境合二而一的情景，大概只有在初中二年级读书时才会拥有，那些妙不可言的词句刻在青春的轨迹上，到现在也难以磨灭。

那时，我最喜欢辛弃疾的《八声甘州》一词，这是辛弃疾夜读《李广传》的感慨，其中融有太多辛弃疾自身的心迹和心声。李广抗击匈奴战功卓著，却不仅未被封侯，反倒被罢免职务，被迫自杀。这与辛弃疾抗金大志未遂而落职赋闲在家的境遇一样，词便写得感情浓重、苍老沉郁："故将军饮罢夜归来，长亭解雕鞍。恨灞陵醉尉，匆匆未识，桃李无言。射虎山横一骑，裂石响惊弦。落魄封侯事，岁晚田间。谁向桑麻杜曲，要短衣匹马，移住南山？看风流慷慨，谈笑过残年。汉开边、功名万里，甚当时、健者也曾闲？纱窗外，斜风细雨，一阵轻寒。"

当时也不知看懂没看懂，只清晰记得读罢这首词让我心里怅然许久的是最后一句："纱窗外，斜风细雨，一阵轻寒。"仿佛那寒冷的斜风细雨也扑打在我的窗前。其实，当时以一个少年的心情触摸老年的心事，自然难免雾中看花。世事沧桑，人生况味，只有到今天方才领悟一点点。领悟到这一点点，但已经很难再有读书时那种风雨扑窗、身临其境的情景，以及遥想历史、追寻辞章的梦幻了。

这是没办法的事，人长大的过程中，得到一些东西也必然要失去一些东西，就像狗熊掰棒子，不可能把所有的棒子都抱在怀里。

少读唐诗

最早拥有的唐诗，是偷了家里五元钱买了三本书中的两本：《李白诗集》和《杜甫诗集》。那时书便宜，一本一元五分，一本七角五分。之所以选择这两本，是因为只知道李白和杜甫的诗在唐诗里最出名，"李杜文章在，光焰万丈长"嘛。除了小学里读过李白的"床前明月光，疑是地上霜。举头望明月，低头思故乡"和杜甫的"两个黄鹂鸣翠柳，一行白鹭上青天。窗含西岭千秋雪，门泊东吴万里船"之外，对他们二位，知道得真的不多。

就这样把他们二位请回家。一个初二的学生，其实是看不大懂李白和杜甫的，就像现在的小孩子听不懂崔健和罗大佑，却还是要把他们的歌曲收入MP4或iPod里一样。这两本诗集跟随我从北京到北大荒，颠沛流离了四十七年，依然还完好地在我的身边，李白和杜甫就像我多年不离不弃的好友。

现在翻看这两本被雨水打湿留下水渍印迹和被岁月染上发黄的书页，还能清晰地看到当年一个初二学生读它们时的心迹，即使是那么的幼稚，却是那么的清纯。那些被我用鸵鸟牌天蓝色墨水画下弯弯曲曲曲线的诗句，还有我写下的自以为是的点评，并不让我感到可笑，而是让我自己感动自己，因为以后读书再没有那样的纯净透明，清澈得如同没有一点渣滓的清水。

在李白的《横江词》里，我在这样三句诗下画了曲线："一风三日吹倒山""一水牵愁万里长""涛似连天喷雪来"。一句写风，一句写水，一句写浪，三句都使用夸张的修辞方法，但一句是直接用夸张，风将山吹倒；一句则用拟人，手一般将愁牵来；一句则用比喻，把浪涛涌来比成喷雪。和那个年纪的孩子一样，我那时对诗的内容是忽略不计的，感兴趣的是词儿，希望学到一手好词汇，就像愿意穿漂亮的新衣裳一样，希望把这些好词儿穿在自己的作文上。

在《登太白峰》里，我是在"举手可近月，前行若无山"下画了线。一样，还是夸张的好词儿。

但在《赠从弟冽》里，我却在这样两联诗下画了线："楚人不识凤，重价求山鸡。""桃李寒未开，幽关岂来蹊。"李白当年怀才不遇，竟然和我共鸣。整个一个少年不识愁滋味，为赋新诗强说愁。也许，正是那个年纪的小孩子常见的心态，并不是真的懂得了李白，不过是感时花溅泪罢了。

在《夏十二登岳阳楼》里，我画下这样一句："雁引愁心去，山衔好月来。"这一句，我记忆最深，不仅因为对仗工整，每一个词用得都恰如其分，又恰到好处，一个"雁去"，一个"月来"，画面如此的清晰；一个"引"字，一个"衔"字，动词用得是那样的生动别致。更重要的是，这句诗给我一个启发，忧愁也好，苦闷也罢，一切不如意的，都会过去，而美好总还存在并一定会到来的。我就是这样鼓励自己，以至日后我到北大荒插队的时候，艰苦的环境之中，我抄下这句诗给我的同学，彼此鼓励。

在《侠客行》里，我画的诗句是："三杯吐然诺，五岳倒为轻"，就真的是我自己真心的向往了，将诺言作为吐出的吐沫钉天的星，是那时的一种情怀，也是追求的一种境界。

那时，最喜欢李白的诗，还是《寄东鲁二稚子》。在这首诗里，我在好几句诗下画了线："南风吹归心，飞堕酒楼前。楼东一株桃，枝叶拂青烟。此树我所种，别来向三年。……"我还特别在"向"字上画了圆圈，旁边注上了一个字："近"。这是李白想念他的两个孩子的诗，写得朴素而情真。我开始明白了一点点，好词儿不是唯一，感情的真切才是重要的呢。

在《翰林读书言怀呈集贤诸学士》里，我画下这样一句"片言苟会心，掩卷忽而笑"，便是那时读李白时真实的写照了。那时读书时真的能够给予自己那么多会心的欢乐。

对于杜甫，少年时是理解不了的。虽然，课堂上学过《石壕吏》，但不认为那就是杜甫最好的诗篇。在这本《杜甫诗集》里，在《北征》等长诗里有详细的注音注解，但印象并不深，不深的原因是不懂，也不能要求一个十几岁的少年懂得那时沉郁沧桑的杜甫。

印象深的，还是杜甫对于感情的表达很真切。《后出塞》中"战伐有功业，焉能守旧丘"，《月夜忆舍弟》中"露从今夜白，月是故乡明"，《彭衙行》中"谁肯艰难际，豁达露心肝"，《登高》中"无边落木萧萧下，不尽长江滚滚来"，这样的句子下面，都被我画下了曲线。"战伐有功业，焉能守旧丘"和"谁肯艰难际，豁达露心肝"，心情表达得直白明确，却那样能够让人感动；"露从今夜白，月是故乡明"和"无边落木萧萧下，不尽长江滚滚来"，则那样的情景交融，那样让人难忘。

我也在《梦李白》中的"冠盖满京华，斯人独憔悴"下画了曲线，但实际上是似懂非懂的，只不过那时读了冰心的小说，其中一篇题目是"斯人独憔悴"而已。

杜甫诗中最难忘的，是《赠卫八处士》。那时全诗背诵过，但也未见得真正懂得。逐渐明白其中的含义，应该是在以后的日子里，特别是到了北大荒插队，有了一些人生的颠簸和朋友的星云流散之后，才多少明白一点"人生不相见，动如参与商""夜雨剪春韭，新炊间黄粱。主称会面难，一举累十觞"的意思。而"访旧半为鬼，惊呼热中肠"，则更是在以后，面对许多亲人相继离去的情景。"明日隔山岳，世事两茫茫"，是那一阵子我心里常有伤怀感时的感慨。但我要感谢少年之时读过背过这首诗，让我在日后的日子里心情寄托和抒发的时候，找到了对应的寄托。那不仅是诗的寄托，更是民族古老情怀与血脉的延续和继承。

有意思的是，在这本《杜甫诗集》里，夹着一小页已经发黄的纸，上面开始用红墨水笔写着写着，没水了，接着用铅笔写下的正反两面密密麻麻的小字，是我读孟郊的诗的一些感想。现在回忆起来，大概是上高中时的事情了。不知道为什么夹在这里，经历了几十年的岁月，竟然还完整无缺地保存在这里。应该说，还是要感谢《李白诗集》和《杜甫诗集》这两本书，因为对唐诗的喜爱，是从这里开始的。可以说，没有李白和杜甫，不可能有以后的孟郊。

将这一页抄录如下——

一提起"郊寒岛瘦"来，孟郊的诗可谓是瘦石巉岩，苦吟为多。"万俗皆走圆，一身犹学方""小人智虑险，平地生太行"的对人世的感慨，以及"抽壮无一线，剪怀盈千刀""触绪无新心，丛悲有余忆"的感叹，几乎在孟郊的诗集中比比皆是。但这样一位苦吟诗人也不乏有清新的小诗。脍炙人口、传之于世的"春风得意马蹄疾""月明直见嵩山雪"，或者是形容那"吹霞弄日光不定，暖得曲身成直身"的炭火。但我以为，更清新的诗似乎被弄掉了。试举一例说明——《游子》一诗四句："萱草生堂阶，游子行天涯。慈亲倚堂门，不见萱草花。"艳阳春光，堂前春草，相争而出，然而慈母却都没有看见，因为她看的不是这咫尺之近的萱草花，而是远游未归的游子。从眼前有之物，写出无限之情。

　　天呀，那时怎么竟是如此的自以为是，刚刚从老师那里学到一点东西，就这样激扬文字，挥斥方遒，指点起唐诗来了。

偷来的李长吉

《三家评注李长吉歌诗》（中华书局1959年版）是我以前偷读的一本书。

那时候，传说毛主席喜欢"三李"-——李贺、李白、李商隐的诗。于是乎，李长吉便神秘诡奇起来。似乎如同能从《红楼梦》里读出阶级斗争来一样，从李长吉的诗中也可以读出神韵灵光来。

那时候，人们的心情就是这样古怪。于是，当我破例得到图书馆老师悄悄递给我的一把钥匙，像打开敌人秘密暗堡一样打开图书馆的大门，在尘埋网封的书架上见到这本书时，就像见到果树上结有一枚硕大奇特的果子似的，馋得立刻伸手摘将下来。当时，图书馆被扫荡得七零八落，这本书居然能成为漏网之鱼，实在让人感到又兴奋又意外。我几乎毫不犹豫就把它偷出图书馆。想想它若待在图书馆里，早晚也得付之一炬，便觉得自己如绿林豪杰搭救沦落弱女子于纷飞战火之中，心中燃起莫名的得意。

这本以清人王琦注本为主，兼收姚文燮、方扶南两家注本而成的三家评注李贺诗集，是迄今我所见到的最好注本。想最初翻看这本诗集，见到"黑云压城城欲摧""天若有情天亦老""我有迷魂招不得，雄鸡一声天下白"等句子时，真感到如同见到毛主席他老人家一样，好不亲切！

重新翻阅当时抄录的李长吉的诗句，是非常有意思的。居然，那些诗并非自己所写，却分明镌刻着自己青春时期的印记。岁月流逝，人事变迁，历史嬗递，那诗句却铿锵有声，与其说是李长吉的，不如说是我的怦怦心声。在时代潮流于历史册页之间，无论李长吉还是我，都显得渺小、可笑，甚至有些变形。

"少年心事当拏云""直是荆轲一片心""遥望齐州九点烟，一泓海水杯中泻""更容一夜抽千尺，别却池园数寸泥""端州石工巧如神，踏天磨刀割紫云""惟留一简书，金泥泰山顶"……最后我抄下的是"我有辞乡剑，玉锋堪截云""想君白马悬雕弓，世间何处无春风"，然后，我便辞别北京，跑到北大荒，妄想雕弓射虎、玉锋裁云去了。

这本书伴我度过了北大荒六年寒冷而寂寞的时光。有李长吉做伴，枯寂的日子也有了些许浪漫色彩。望着寂寞无边的荒原雪野、翻卷变幻的云影雾岚、火红的柞树林和黑夜中奔突的野狐狸，自己总会时时冒出些李长吉才有的奇特想象。

后来，这本书又伴我从北大荒回到北京。这时我早已青春流逝了，而李长吉似乎永远不老。家中的书越来越多，这本书显得破旧而不显眼了。但我有时还要翻翻它，一直不敢淡忘它。那里有我当初读时随手记下的笔记或记号，虽恍若隔世，却依然旧友重逢般亲切。只是再读时，心境与环境大变，而李长吉也似乎变幻成另一种物象。其实，长吉还是长吉，书还是这本书，变化的不过是自己的心境而已。

当初抄录的诗句，而今已不大喜欢，甚至觉得有些假大空之嫌，这些其实并不是长吉最好的诗。当初喜欢《马诗》，而今却喜欢《南园》；当初喜欢《金铜仙人辞汉歌》，而今却喜欢《神弦别曲》："蜀江风澹水如罗，堕兰谁泛相经过。南山桂树为君死，云衫浅污红脂花。"至于"今日菖蒲花，明朝枫树老。""帘外花开二月风，台前泪滴千行竹。""天河夜转漂回星，银浦流云学水声。"……简直又觉得好像不是长吉之作。

世人皆称长吉为鬼才，其诗多怪，唯朱熹说他的诗巧。以往并不以为然，今天才觉得朱子之说极是。"天遣裁诗花作骨"，长吉的诗，也许我读到现在，才读出一点味道，读出他的一点风骨。

这本书伴我已经四十多个年头，而李长吉却只活到二十六岁。每每再读，便觉得冥冥中确实有不解之谜。

米修司，你在哪儿啊？

年轻时读书，其实大多不求甚解，甚至根本没有看懂，常常是雾里看花，似是而非，却自以为很感动，以为自己很入戏一般跌进书里面就跳不出来。

第一次读契诃夫《带阁楼的房子》时我还没有去北大荒。无所事事、百无聊赖时，跑到呼和浩特的姐姐家，到她工作的铁路局的图书馆(那时那里的图书馆也是被封条封住)，是姐姐带着我，找到她负责图书馆的同事，一起偷偷地溜进去。我找到了一本《契诃夫小说选》上下两册中的一本，其中有这篇《带阁楼的房子》。

很长一段时间里，我的脑海里总是浮现小说最后的那句话："米修司，你在哪儿啊？"

那时候，心里默默念着这句话的时候，总会有一种忧郁的感觉。忧郁是什么呢？其实，也是似是而非的，也许，就像契诃夫在这篇小说里说的那样吧："那是八月间的一个忧郁的夜晚，其所以忧郁，是因为已经有秋意了。"

《带阁楼的房子》写的是一个画家和两姐妹在乡间相遇的故事。但那时我几乎把画家和姐姐丽达的故事全部忘记了，或者肆意删除了。我对他们那些各持己见，关于什么给农民治病呀教书呀，是生活高于风景画呢，还是画家的一切都是没有意义的……一切争论都忽略不计。我弄不清画家和丽达到底孰是孰非，而把注意力都集中在妹妹米修司的身上。

比起那个有些像积极投身农村的知识青年的革命派的姐姐，这个妹妹米修司更可爱一些。

她总爱抱着书躲在椴树林里贪婪地看，或者站在画家的身旁出神地看画家写生。她喜欢画家，崇拜画家，磨着画家带她到更美好、高一等的世界里去，她相信画家对她说的话——美好永恒的生活在等着我们，并且那样轻而易举地就相信了，不要画家拿出任何的证据。

米修司的单纯或者说简单，让我觉得比她的姐姐要可爱。也许，她的这种单纯活泼简单，其实，正是我自己那时的样子。虽然不知道会到哪儿去插队，前途未卜，但受到那个时代教育的影响，又还未出校门走向真正的人生，涉世未深，却还是相信根本靠不住已经是一片动荡而模糊的未来，抓住了米修司的手，以为是一根可以帮助我泅渡人生的结实的稻草。

更何况她是个十七八岁的漂亮苗条的姑娘，那时，在我的眼里，米修司是梦幻般的女孩，是美好的化身，是爱情的模特。我觉得契诃夫的安排是对的，她当然要和画家恋爱。她不和画家恋爱，难道要姐姐和画家恋爱不可吗？那该是多么地倒胃口。

那个总是好奇地望着画家，喜爱画家的才华，渴望画家来到她住的带阁楼的房子，又总是要一直送画家回家的可爱的米修司；那个不愿看见星星陨落，在甩掉了大衣热烈亲吻之后奔跑在美丽夜色里的漂亮的米修司，在那样四周还布满喧嚣的所谓革命浪潮时刻，而我马上就要离开北京到北大荒的前夜里，给我一个迷幻的幻影，让我误以为一切真的会美好起来，这个世界上，会有一个可爱的米修司在等着我一样。

青春时节读书，书有时会成为一种致幻剂。

契诃夫确实具有独特的艺术才能，他把一个其实非常简单的爱情故事写得那样美轮美奂。他让他们接吻之后，有两大段抒情，一段写心情，写画家看米修司的阁楼："阁楼上的窗子像一双眼睛似的瞧着我，好像它什么事情都了解似的……米修司就住在里面，明亮的光在那儿的窗帘闪现了一下，接着变成了柔和的绿色，那是因为灯上加了一个罩子，人影在移动。"一段写景，写画家归途中夜色里的花园："将近一个钟头过去了，绿色的光熄灭，人影看不见了。月色高挂在房子上空，明亮沉睡的花园和小径。房子前面的花坛里，大丽花和玫瑰花可以看得很清楚，好像都是一种颜色。"

契诃夫所描写的心情和景色，其实也是属于我的。那时，我就是如此不可救药地要和遥远的俄罗斯人攀亲，就像穷人攀高枝一样，使劲地跳进契诃夫的小说里面，让自己贫瘠的心里得到一点虚幻的满足。

"米修司，你在哪儿啊？"这句话，现在读来是那样的乏味，甚至做作。但当时却藤蔓一样缠绕着我，长出细叶来，伸出小手一样撩拨着我的心。

由于姐姐丽达的反对，米修司拒绝了画家的爱。一个小男孩给画家送来了一封她的信。画家当晚就离开乡间回彼得堡了。"米修司，你在哪儿啊？"成为画家心里长久的呼唤。

"米修司，你在哪儿啊？"一唱三叹般的，也曾经像散不去的雾霭一样，久久地在我的心里盘桓。

就在读完这篇小说不久，我一连接到同学寄到呼和浩特的几封加急信，催我赶紧回北京，告诉我马上就要去北大荒了。我匆匆赶回北京，没过几天就去北大荒了。临离开北京的那天，在火车站，我有些心不在焉，一直到坐上火车了，趴在车窗上，我还伸出头在张望。那时，没有人知道，只有我自己心里清楚，我和一个女同学要好，说好了，她要来火车站送我的。可是，火车缓缓驶出了站台，也没有看到她的身影。也没有人给我带来一封她的信。

"米修司，你在哪儿啊？"便也是我心里默默的呼唤。

《带阁楼的房子》，是我青春时节的一个朦胧而凄美的象征。

《罗亭》笔记

　　屠格涅夫的《罗亭》，是我年轻时候读过的一本重要的书。

　　我读过两遍，第一遍，还是在中学校园里，到北大荒插队之前，正属于"逍遥派"，躲在暴风雨的后面，天天读书打发寂寥难熬的时光。书是高挥老师从学校图书馆里偷偷拿出来的，读后心里总有挥之不去的罗亭和娜塔丽雅的影子。其实，那影子也是我自己的影子，沾染上即将告别校园的几分怅惘和迷茫。

　　第二遍，是在北大荒，我把这本书悄悄地带上了火车，带到了那里，没有归还给高老师，让罗亭和娜塔丽雅陪伴我一起浪迹天涯。这本书在我插队的生产队里流传，很多人都读了，再回到我的手里，书页已经被翻烂了，封面也破得卷了角。那时，我们队里有一个劳改释放犯，姓汪，他有一手绝技，能够将书翻旧如新，而且还能够给书装上一个精装的硬皮。这本《罗亭》就是经过他的手变了模样，挺括的布封面上"罗亭"两字是凹进去的，摸上去手感不一样，让我惊异万分。

两次读《罗亭》，我都抄录了书中的许多段落，也都做了一些笔记，四十年过后，现在重新翻看这些已经发黄的笔迹，依然能够清晰地听到那时节的青春回声，清澈，不染杂音。那时，读书要命的是总和自己挂钩，如同溺水者，被屠格涅夫的水柱醍醐灌顶，一口口地呛水，还以为在痛饮美酒。那时的罗亭和娜塔丽雅已经不属于屠格涅夫，而属于那个时代的我自己，他们从十九世纪的俄罗斯来到了北京的中学校园和北大荒的冰天雪地，在历史与现实、文学和生活之间，不住地闪回、淡出淡入和定格，以他们清秀而单薄的身姿，和当时我所处的现实做着力不胜负地衔接、对话、对比和抗争。

那时的阅读，是多么的天真幼稚，又是多么的投入，是真情与生命的投入。

在我的笔记中，第一段就这样写道："虽然，贵族知识分子，让位于平民出身的革命者，多余的人被挤在尴尬的角落里。罗亭有弱点，但亦有历史功绩。罗亭是软弱的，最大的不幸是不了解俄国，不了解自己的人民，总奢谈人生的意义和自我牺牲的价值，在第一障碍面前，就只有屈服。但比起达丽雅·米哈伊洛夫娜的庸俗空虚、躲在温暖一角中的列兹涅夫辈的苟且偷安，还是高出一头的。"

这里说的"第一障碍"，指的是美丽的娜塔丽雅决心离开庄园，希望罗亭和她一起私奔的时候，平常口若悬河，大讲人生价值和意义的罗亭却退缩了，成为语言的巨人和行动的矮人。我曾经抄录下清晨罗亭和娜塔丽雅在阿芙杜馨池边分手的大段对话——

"我到这里来不是为了哭，也不是为了诉苦。我是请您拿主意的。"

"有什么主意给您拿呢？"

"有什么主意？您是个男人，我已经信任了您，我还要信任您到底。请告诉我，您打算怎么办？"

"我打算怎么办？您妈妈，多半，会把我撵出去的。"

"但您还没有回答我的问题。"

"什么问题？"

"您看，现在怎么办？"

"怎么办？当然只有屈服。"

"屈服？"娜塔丽雅慢慢重复一句，嘴唇发白了。

　　之所以当时大段大段抄录这些冗长乏味的对话，是因为他们的对话常常在我自己的心里自问自答。那时候，我是将去不去北大荒而离开北京，当成一场革命的选择，"小院不跑千里马，花盆难养万年松""志存千里跃红日，乐在天涯战恶风"，曾经是那时罗亭和娜塔丽雅语言的知青版。

　　我也抄录了罗亭写给纳塔丽雅的信："我在这个世界上仍然只能是孤零零一个人。去献身——像您今天早晨以残酷的讥讽向我说的那样——更值得我去做的事业。哎，假如我真能献身于这些事业，那也好啊。但是我始终将是一个半途而废的人，正和以前一样，只要碰到第一个障碍，我就完全粉碎了。我和您之间的经过就是证明。"

　　那时候，我对罗亭的认识和情感是复杂的。一方面，我批判罗亭是一个清谈者，是一个"多余的人"，以罗亭在所谓"第一障碍"面前的退缩来警诫自己，坚决不做上山下乡的逃兵；另一方面，他虽然夸夸其谈，毕竟对于现实有所批判，对人生有很好的见解，对爱情有真挚的追求。而且，他对于自己的软弱给予了自我批评和解剖，那时，崇尚鲁迅所说的"解剖自己要比解剖别人更严格"。所以，当时，我在抄录罗亭自我批判和解剖的句子下面，都用铅笔画了一道道粗线。当时的笔记，现在泄露出时代影射下的心迹。

因此，罗亭的形象，始终在我矛盾的心态中摇摆着。他成为那个时代里说的那种推一推就过去、拉一拉就过来的中间人物。但是，在口头上对他批判，在我的心里，总是这样替他辩解，谁不会有一时的软弱和动摇呢？为什么因为一时的软弱和动摇就遭到全盘的否定，一棍子打死呢？何况并不是谁都能够像罗亭一样，有勇气做到自我批判和忏悔，而且如他一样富有才华。所以，那时私下里曾觉得娜塔丽雅不给罗亭机会，就那样毅然决然地离开了他，是不是有点过分，有点偏激，有点不值得？

其实，说穿了，根本的问题，恐怕在于自己的内心深处也和罗亭一样有过类似的软弱和动摇，原谅了罗亭，其实也就好似原谅了自己。

以后在读高尔基的《俄国文学史》，看他论述屠格涅夫时说："不，罗亭不是可怜虫（通常对他有这样的看法），他是一个不幸者，但他是当代的人物而且曾做出不少好事来。罗亭——是巴枯宁，是赫尔岑，而且部分的就是屠格涅夫自己，但是，这些人物，你们知道的，并没有虚度一生，而且曾留给我们以绝好的遗产。"

我赞同高尔基的这一评价。高尔基不是在为我当年对罗亭的犹豫、矛盾做解释和开脱，而是客观地对待了屠格涅夫和罗亭。其实，从某种角度而言，每一个时代都会有罗亭式的人物出现。人不是没有软弱的时候，软弱是一种常态，允许软弱，面对软弱时能够自我的批判，而后战胜软弱，更应该是一种值得肯定的状态。

在《罗亭》这本书中，当时我还抄录了毕加索夫对于女人评价的一段话："世上有三种利己主义者：自己生活也让别人生活的，自己生活但不让别人生活的，自己不生活又不让别人生活的。女人属于后一者。""男人也可以犯错，比如他也许会说二加二不等于四，可一个女人却会说二加二等于一支蜡烛。"

当时我的笔记里写了这样一段："毕加索夫说的利己主义的三种人，确实在生活中存在，但他独说后一种自己不生活也不让别人生活的是属于女人，有些绝对了。在这一点，罗亭和他不同，罗亭爱娜塔丽雅，他对娜塔丽雅说'凡是有美和生命的地方都有诗'，他认为这天这树这花还有女人都属于美和诗。"

现在想想，那时之所以让罗亭不同于极端的毕加索夫，还是极力想维护罗亭吧。在当时，极端的毕加索夫处处都在，而且大行其道，更需要另一端的罗亭来折中一下吧？从我的内心来看，我是宁可接受软弱的罗亭，也不情愿接受极"左"派毕加索夫的。

我还抄录书中关于一只小鸟的段落——

　　我还记得有斯堪的纳维亚的传说，一个皇帝跟他的战士围在火边，冬天，一只小鸟飞进屋，又飞走。皇帝说："这鸟呀，也跟人生一样，从黑暗飞来，又向黑暗飞去。温暖的光明，对它都是短暂的啊。""陛下，"最老的战士回答，"就是在黑暗里，小鸟也不会迷途的，它会找到它的归宿。"我们生命虽然短暂而渺小，但是伟大的一切却正由人的手造成的。人生一世，意识到自己这种崇高的任务，那就是他无上的快乐。正是小鸟在这样从黑暗里的摸索甚至不顾死亡之中，他将发现自己的生命、自己的归宿。最老的战士的话，比皇帝说得更有哲理。

现在，我已经忘记了这段话是不是罗亭说的了，也忘记了这段话是书里写的，还是掺杂着我自己的一些感想。小鸟所引发的感慨，对于罗亭那一代人而言，和对于我们这样一代知青而言，有相同也有不尽相同的地方。对于我们，那时我们的命运就如那只小鸟，我们真的就是盲目地从黑暗飞来，又向黑暗飞去，我们不知道何处是自己的归宿。但在当时，我还要强颜欢笑、言不由衷地说小鸟就是我们的象征，我们就在这样的摸索中发现自己的生命和归宿。

还清晰地记得，第二次读《罗亭》的时候，在北大荒那大雪封门的夜晚，一盏马灯跳跃着温暖的火苗。罗亭、娜塔丽雅，还有斯堪的纳维亚的那只小鸟，一起簇拥到了马灯前。

四十年了啊！我都已经老了，罗亭还那样年轻。

阅读屠格涅夫

　　五十多年前，我在北大荒的一个猪号里养猪，四周是一片荒原，晚上无处可去，也没事情可做，唯一的消遣就是读书。那时，我迷上了屠格涅夫的《猎人笔记》，就像高尔基说的那样，像饥饿的人扑在面包上一样扑在书籍上，我大段大段地抄书里面的段落，恨不得把每一个字都吞下。

　　舒展着白云上面的细边，发出像小蛇一般的闪光，这光彩好像炼过的银子。

　　到了正午的时候，往往出现许多柔软的白色的、金灰色的、圆而高的云块。这些云块好像许多岛屿，散布在天边泛滥的河流中，周围环绕着纯青色的、极其清澈的支流，它们停留在原地，差不多一动不动；

在远处靠近天际的地方，这些云块相互移近，紧挨在
一起，它们中间的青天已经看不见了；但是它们本身
也像天空一样是蔚蓝色的，因为它们都浸透了光和热。

他是这样写云，让我想起白天看到过的北大荒的云彩。
我总觉得我似乎并没有看到过他说的那种像小蛇一般闪光的
云彩，像炼过的银子一般的云彩，像许多岛屿一般的云彩，
像天空本身一样浸透了光和热的云彩。第二天的白天，我会
在喂猪或放猪的时候仔细观察天上的云彩，猪在猪栏里或在
草地里悠闲地吃食，荒原上悬挂着的天空显得很低，云彩有
时雕像一样一动不动，有时流云浮动像演电影一样，一会儿
变成了马，一会儿变成了羊，一会儿变成了神话中的老爷爷，
一会儿白得像是小孩光着的白屁股……许多新的发现伴随着
快乐，就是这样扑满心头，让我有了一种自得的收获似的，
常常让那些圈里的猪撞翻了猪食桶，我都没注意；让那些在
草地上的猪跑远跑没有了影子，等我醒过味儿来，还得"勒
勒"地喊着到处找它们。

傍晚，这些云块消失了，其中最后一批像烟气一
样游移不定的黑色的云块，映着落日形成了玫瑰色的

团块；在太阳升起时一样宁静地落下去地方，鲜红色
的光辉短暂地照临着渐渐昏黑的大地。太白星像人小
心地擎着走的蜡烛一般悄悄地闪烁着出现在这上面。

他是这样写太白星。我不知道什么是太白星，但我会在
夜晚刚刚降临的时候，寻找第一颗蹦出来的星星，把它命名
为太白星，看它是不是像人小心地擎着走的蜡烛一般悄悄地
闪烁着出现在夜空中。我会发现，天空出现第一颗星星之后，
会出现一段长时间的空白，像剧场里静场一样，得耐心地等
待下一个节目的出场，等待着让你直觉得，下一个节目肯定
要更加精彩。一直等到星星开始像是比赛着一样，叫着号地
一颗紧接着一颗蹦上天空，北大荒的星星真的比北京的多似
的，挤满眼前，纷纷地向你眨动着眼睛。我认出了哪里闪烁
的是天狼星，哪里的是织女星，当然，认得最清楚的是北斗
七星，因为在荒原的夜晚迷路的时候，那像勺子一样的七颗
星星，永远是我最好的伙伴。

有时候，当火焰软弱而光圈缩小的时候，在迫近
过来的黑暗中突然出现一个有弯曲的白鼻梁的枣红色
马头，或是一个纯白色的马头，迅速地嚼着长长的草，

注意地、迟钝地向我们看看，接着又低下头，立刻不见了。只听见它们继续咀嚼和打响鼻的声音。

你不得不佩服屠格涅夫，他写的草原上燃烧的篝火，和我们北大荒的何其相似。在冬天，我们在地里拉豆子的时候，或在场院上脱谷的时候，常常会燃起一堆篝火，为我们取暖。屠格涅夫所说的那些白鼻梁的枣红色马头、纯白色的马头，那些篝火熄灭后它们还在继续咀嚼和打响鼻的声音，给我多大的新奇。北大荒的那些荒凉和寒冷，仿佛也变得温暖了许多。

突然，远处传来一声冗长的、嘹亮的，像呻吟一般的声音。这是一种不可名状的夜声。这种夜声往往发生在万籁俱寂的时候，升起来，停留在空中，慢慢地散布开去，终于仿佛静息了。倾听起来，好像一点声音也没有，然而还是响着。似乎有人在天边延续不断地叫喊，而另一个人仿佛在树林里用尖细刺耳的笑声来回应他，接着，一阵微弱的咝咝声在河面上掠过。

说实在的，在读这段文字之前，我不知道这个世界上还有这么一个叫作夜声的东西。屠格涅夫教会我去分辨和聆听夜声。我才发现荒原上的夜声，是那样的美，而且独一无二。

那种从荒原深处传来的夜声，是荒草的草叶、树叶和树叶之间，在风的吹拂下的飒飒细语；是野兔、野鹿、野狐狸和老鼠，在林间的落叶上和荒原泥土中轻捷无声、细碎的脚步声；是河边飘来的水鸥、野鸭、野雁、野天鹅和芦苇交欢的喘息声，以及河面上被风拂动而荡漾出密纹唱片一样细密而湿润的涟漪声……那种夜声，像教堂里的弥撒、无伴奏无歌词的吟唱，低回悠长，一唱三叹。屠格涅夫说得那种嘹亮，我没有听出来，但他说的那种冗长，像呻吟，是准确的，它们呻吟着，弥漫开来，又消失远去。那是在繁华的城市里，再也听不到的天籁之音。

难忘泰戈尔

对于泰戈尔的《沉船》，我是充满感情的。

第一次读它的时候，我在北大荒，一个荒僻的猪号里喂猪。夜幕降临以后，四周死一样的静寂。

泰戈尔在这本书所说的"杳无村落、宁静而沉寂的夜晚，好像等待着失约情郎的姑娘，守望着长满水稻的辽阔而葱绿的田野"，我就特别的喜欢，一下子被吸引，一下子记住了，怎么也忘不了，到现在也记忆犹新。这段话总让我想起北大荒荒原上的那些寂寥的夜晚，还能有比泰戈尔比喻得更贴切、更动人的吗？似乎我和那些寂寥的夜晚都像是总在等待着什么，总觉得一定会等来一些什么。到底是什么呢？我说不清，应该就是希望吧？没有把所有的希望泯灭干净，泰戈尔帮我从那黑暗中使劲拽出了最后残存的那一道亮光。

即使现在小说里关于罗梅西、卡玛娜、汉娜之间的故事记不大清楚了，记住的只是小说里的一些片段，是弥漫在小说里的一些情绪。其中，卡玛娜在月夜的船上看到恒河对岸田野小径上那提着水罐的女人的情景，却总也忘不了，就像是一幅画，没想起的时候，它是卷起来的，只要想起了它，它立刻就垂落在眼前，清晰得须眉毕现。

想想，却无法解释为什么会这样。也许，这真是一件非常奇怪的事情，青春时节的阅读，总会情不自禁地自己联系，混淆了书中和现实的世界。

泰戈尔是这样写的——

四周没有任何生物活动的形迹。月亮落下去，长满庄稼的田野小径现在已看不清了。但卡玛娜仍然圆睁两眼站在那里凝望。她不禁想道："有多少女人曾经提着水罐从这些小路上走去啊！她们每一个人都是走向自己的家！"家！这个思想立刻震动着她的心弦。要是她在什么地方能有一个自己的家就好了！但是，是什么地方呢？

卡玛娜对家的想念和渴望，和我那时的心情是多么的相似。在同样月亮落下去的黑暗的夜晚，在比卡玛娜那时还要荒凉的田野上，面对我们猪号前通往队里去的那条羊肠小道，小道两旁长满凄凄荒草，也开放着矢车菊或紫云英之类零星的野花，通过那条小道可以走到去场部的那条土路上去，便可以再到富锦和佳木斯，一点点接近家。那时候，我离开北京的家已经三年了，还没有回过一次家。想家的心情，蛇吐信子一样，时不时地咬噬着心。记得有一个冬天的夜晚，新来了一批北京知青，晚上睡在一铺大炕上，突然想家，开始唱歌，一首接着一首地唱，都是老歌，最后不唱了，都哭了。那哭声惊天动地，把我们睡在另外屋子的人都惊醒了，把队长也招来了。怒气冲冲的队长进门就厉声叱问："大半夜的不睡觉，这是怎么啦？"新来的知青回答："想家了！"队长立刻哑炮了，什么也不再说，走了。

想家的时候，我总会忍不住想起那些提着水罐在小径上向家走去的女人，让我格外的心动，兔死狐悲一般，和卡玛娜一起悄悄地落下眼泪。现在想想，这也许是不可能的事情，是非常可笑的举动，但在当时，我比卡玛娜还要软弱和无助。

还是这部《沉船》。当时，我曾经抄录下这样的段落——

　　苍天的光滑的面容上，没有留下一丝烦恼的痕迹，
月光的宁静没有任何骚乱活动的搅扰；夜是那样悄然

无声地沉寂，整个宇宙，尽管布满了亿万颗永远在运行的星辰，却也仍然得到永恒的安宁；只有人世的喧嚷的斗争是永无底止的。顺境也好，逆境也好，人生是一场对种种困难的无尽无休的斗争，一场以寡敌众的斗争。

也许，这段话里还依稀能够看出当时我的心境，那种远离家又渴望回家却茫然无措的心情，只有在那些沉寂的夜晚里面对星空时黯然神伤。

怎么能够忘记泰戈尔呢？他就像我年轻时的朋友一样，无法淡出记忆之外。

罗曼·罗兰帮我去腥

罗曼·罗兰的《约翰·克利斯朵夫》，是我最喜欢的一部小说。那是我从北大荒插队回到北京待业在家，王瑗东老师借我的书。我整段整段地抄，抄了好几个笔记本。书写得太好了，傅雷翻译得也太好了，恨不得把整本书都抄下来。书看了两遍，后来翻看笔记，发现好几处竟然抄了两遍。

在那些寂寞而艰苦的日子里，他乡遇故知般，罗曼·罗兰是我最好的朋友。

克利斯朵夫在那样的环境下艰苦奋斗的精神感动了我。他从小生活在那样恶劣的家庭，父亲酗酒，生活贫穷……一个个的苦难，没有把他压垮，相反把他锤炼成人，让他的心敏感而湿润，让他的感情丰富而美好，让他的性格坚强而且不屈不挠。

罗曼·罗兰在这本书中卷七的初版序中有这样的一段话，我记忆深刻——

每个生命的方式是自然界的一种力的方式。有些人的生命像沉静的湖，有些像白云飘荡的一望无际的天空，有些像丰腴富饶的平原，有些像断断续续的山峰。我觉得约翰·克利斯朵夫的生命像一条河，那条河在某些地段上似乎睡着了，只映出周围的田野跟天边。但它照旧在那里流动、变化；有时这种表面上的静止藏着一道湍急的急流，猛烈的气势要以后遇到阻碍的时候才会显出来……等到这条河集聚起长期的力量，把两岸的思想吸收了以后，它将继续它的行程，向汪洋大海进发。

　　这段话是我理解克利斯朵夫的一把钥匙，也是理解生命的行程和意义的一把钥匙。生命像一条河，这是一个并不新鲜的比喻，但当时它深深地打动了我。罗曼·罗兰给予我这样的启示和鼓励，起码让我在郁闷不舒、苦不得志的时候，有了一点自以为是精神力量的东西。当社会在剧烈动荡之后，偶像坍塌、信仰失衡，整个青春时期所建立起来的价值系统产生了动摇而无所适从的时候，罗曼·罗兰所塑造的克利斯朵夫的形象和他所说的这些话，给我以激励，让我仰起头，重新看一看我们头顶的天空，太阳还在明朗朗地照耀着，只不过太阳和风雨雷电同在。不要只看见了风雨雷电就以为太阳不存在了。

以从前我所热爱崇拜的保尔·柯察金和牛虻为革命献身吃苦而毫不诉苦的形象来比较，克利斯朵夫更让我感到亲近，而他个人奋斗所面临的一切艰辛困苦，让我更加熟悉，和我自己身边发生的格外相似。同保尔·柯察金和牛虻相比，他不是那种振臂一呼、应者如云的人，不是那种高举红旗、挥舞战刀的人，他的奋斗更具个人色彩，多了许多我以前所批判过的儿女情长，多了许多叹息乃至眼泪，但他让我感到他似乎就生活在我的身边，我能真切地感受到他有些冰冷的手温、浓重的鼻息和怦怦的心跳。

重新翻看我所抄的《约翰·克利斯朵夫》这本书的笔记，能察觉得到当时我和克利斯多夫，和罗曼·罗兰交谈的样子和轨迹。你抄什么不抄什么，无形之中道出了你当时心底的秘密。其实，你不过是在用书中的话诉说你自己。

比如："痛苦这把犁刀一方面割破了你的心，一方面掘出了生命的新的水源。"这句话到现在我还清晰地记得，几乎成了我的一句箴言。

比如："失败对我们是有好处的，我们得祝福灾难！我们绝不会背弃它。我们是灾难之子。"难道这不是对我这一代做出的最好的预言和忠告吗？

比如："失败可以锻炼一般优秀的人物；它挑出一批心灵，把纯洁的和强壮的放在一边，使它们变得更纯洁、更强壮。但对于其余的心灵，它加速它们的堕落，或是斩断它们飞跃的力量。一蹶不振的大众在这儿跟继续前进的优秀分子分开了。"说那时我是多么自命不凡也好，或说我不过阿Q一样安慰自己也好，我确实想做一个优秀的人，不想碌碌无为让一生毫无色彩；我确实想让自己的心灵纯洁而强壮，不想软弱成一摊再也拾不起个儿来的稀泥。

再比如，罗曼·罗兰说克利斯朵夫："他到了一个境界，便是痛苦也成为一种力量——一种由你统治的力量。痛苦不能再使他屈服，而是他教痛苦屈服了：它尽管骚动、暴跳，始终被他关在了笼子里。"我以为这是罗曼·罗兰对于痛苦进行的最好总结。他告诉我痛苦的力量与征服痛苦的力量，他让我向往并追求那种境界。

再来看看罗曼·罗兰对于幸福的论述。他不止一次地说过："对于一般懦弱而温柔的灵魂，最不幸的莫如尝到了一次最大的幸福。"他对于幸福一直是这样贬斥的态度，他似乎对幸福不屑一顾甚至嗤之以鼻。相比而下，他认为痛苦更有价值。

他还说过这样一大段话："可怜一个人对于幸福太容易上

瘾了！等到自私的幸福变成人生唯一的目标之后，不久人生就变得没有目标。幸福成为一种习惯，一种麻醉品，少不掉了。然而老是抓住幸福究竟是不可能的……宇宙之间的节奏不知有多少种，幸福只是其中的一个节拍而已；人生的钟摆永远在两极中摇晃，幸福只是其中的一极；要使钟摆停止在一极上，只能把钟摆折断。"

这些话，安慰我，鼓励我，让我认清痛苦，也认清幸福，既不对痛苦感到可怕而躲避，也不对幸福可怜地期盼而上瘾。

之所以对痛苦与幸福那样的敏感，是因为那时正处于一个新旧交替的时代，我们这一代人内心的痛苦，其实是那个时代的痛苦的折射。就像罗曼·罗兰说的，生命是一条小河，在它流过了浅滩和险滩之后，流过了冰封和枯水季节之后，渐渐有了一点生机和力量，山随平野尽，江入大荒流。

无论那时这种主题化、政治化和个人对号入座式的阅读是多么的可笑，毕竟是我青春季节的阅读，它让那些外国文学作品多少有些变形，但在一切都变形的时代里，它与当时并不尽相同的形象、精神和语言方式滋润着我的心，并让我拿起笔来学习写一点东西。更重要的是，那时的我的内心像风干的鱼一样没有了一点水分，只剩下一身的鱼腥味，是罗曼·罗兰帮我去了腥。

卷二

隔海听涛

不同的时代，每部作品都让我读出不同的味道，这便是作家的魅力。

百年新娘

以此短文纪念契诃夫逝世一百一十周年。

——题记

在俄罗斯文学中，我最早接触也最喜欢的是契诃夫。读高中的时候，我从学校图书馆里借阅了他的小说集和戏剧集，尽管只是似是而非的印象，并没有读懂，但契诃夫为我制造的与当时我身处的生活现实完全不同的艺术氛围，还是涌起我莫名其妙的激动和想象。和当时语文课本里选的《套中人》和《小公务员之死》不尽相同的作品相比，让我仿佛认识了另一个契诃夫似的。

今年，是契诃夫逝世一百一十周年的日子。在这样的日子里，想起契诃夫，心里更别有一番滋味。在关于契诃夫纷乱如云的记忆中，忽然想起三十九年前第一次读他的《新娘》的情景。那真的是一次印象深刻也意义深刻的阅读。那是1975年的年初，正是处于一个新旧交替的时代。这时候读

《新娘》，新娘真有那么一点象征的意义。谁是新娘？谁的新娘？新娘在哪里？或者说新娘新在哪里？读小说的时候，拔出了萝卜带出了泥，纷乱联想到的一切，都超出了契诃夫的小说本身。

那是一本人民文学出版社出版的《契诃夫小说选》，其实，这本小说以前读过，只不过那时是从图书馆借来的，阅历既浅，读得不仔细，浅淡的印象和书一起又还了回去了。

1975年，那一年的冬天，我从北大荒插队回京，待业在家，无所事事，从西单的旧书店里买了这本《契诃夫小说选》，记得当时还是内部书店，否则无法买到。其中的《新娘》吸引了我。我竟一连读了三遍。是因为那优美的文笔，还是那精彩的插图，或是那朦朦胧胧充满神秘的新生活的诗意，或是五月苹果园淡淡的雾中徜徉的那位又高又美的新娘吸引了我？我自己也说不清了。

其实，小说的情节很简单，用几十个字便可以把它叙述如下：新娘娜嘉出嫁前夕，在祖母家居住的远亲沙夏劝她打开家门去上学读书学习，把这种无聊庸俗的生活"翻一个身"。沙夏成为娜嘉人生的导师，她听从他的劝告，认识到自己以往的生活以及她的未婚夫、祖母和母亲都是渺小的，便和她的导师沙夏一起离家出走，远走他乡。一年过后，当她重返家乡，她已经是一个新人了，家乡沉闷的一切让她越发格格不入。引导她前进的导师沙夏死去了，她更是无所牵挂，再次毅然地离开家乡，朝气蓬勃地投入了新的生活。

最有意思的是，当时，我在笔记本上写下了一篇契诃夫《新娘》的读后感，居然写了这样长，其中有这样的一段：

最让我佩服的还是娜嘉敢于否定自己的导师沙夏。当沙夏拖着病重的身子，还念叨过去的一切而进展不大时，娜嘉敢于抛开他，而继续前进。娜嘉深深爱着沙夏，认为沙夏是她"顶亲切顶贴近的人"，但她能够清醒地看出，这一切"都不像以前那样打动她的心了。她热切地要生活。她和沙夏的友情现在固然还是显得亲切，可是毕竟遥远了、遥远地过去了"。因此，她在和沙夏告别，也在和整个过去告别时，她仅仅走进沙夏曾经住过的房子里面站了一会儿。她的面前不是死去的沙夏的影子，不是美好过去的回忆，而是"一种宽广辽阔的新生活"。

这一点，看来简单，实际上如果不是一个坚强的人，不是一个对未来充满如饥似渴的人，是办不到的。在这里，娜嘉没有一点少女的缠绵，没有一丝对以往的伤感留恋。她敢于向自己的母亲宣战，而且敢于向自己的老师自己"顶亲近的人"宣战。娜嘉形象的美，正在于此。我想《新娘》的新也就在这里吧？未来永远属于敢于向自己过去的一切告别的新人！请理会什么是"一切"吧！

现在，重新翻看这些已经发黄变淡的笔迹，也许会让如今的年轻人笑话。但是，在那个新旧转折的年代里，敢于向过去的一切尤其是向自己曾经崇拜过的导师告别，是一件多么不容易的事情，又是充满着多么鲜明的时代特点。青年时，她需要拐棍一样的导师，当她的青春过去了，那青春完全是被欺骗而蹉跎的青春，导师完全是高蹈虚空、挥手误指前程的导师，那里所说的"一切"，其实是包括她对自己曾经真诚信仰过的导师和膨胀的理想的决绝，是真的如虫子蜕皮才能化蛹为蝶一样的痛苦呀。

别的不要去想，只要看看岁月是多么的无情，我们的青春已经彻底不在。我们为什么还在做猴子捞月亮的徒劳的游戏，我们又为什么还在做着普希金那《渔夫和金鱼的故事》里说的打捞上来一条想要什么就给我们什么的金鱼的美梦？我们为什么不像娜嘉一样毅然地向过去的一切告别？

不管对于别人的意义如何，契诃夫的这位百年新娘，对于我确实是一位新娘，她是那个特殊时代的一个象征、一个隐喻。这时候，重新阅读契诃夫，与校园青春时节的阅读相比，其理解与认知，其意义和价值，完全不同。我知道，我不仅和青春告别，也和一个时代告别。

《新娘》是契诃夫1903年的作品，是他人生的最后一部小说，第二年，他便与世长辞了。今天重新读这部小说，感慨依旧良深。不仅勾起旧时的回忆，更重要的，新娘不老，依然能够读出她和新时代、和我们近在咫尺的现实生活相关联的意义。

《新娘》，本身就具有明显的象征意义，是契诃夫特意加在小说主人公娜嘉身上的。面对拉拉小提琴、喝喝茶、聊聊天、挂挂名画那种衣食无忧的典型中产阶级的家庭生活，娜嘉的导师沙夏给她出的方子，不过是让她出外求学，以此打破眼前这一潭死水的生活。外面的世界就真的那么好吗？对于今天的我们，会觉得外面的世界很精彩，外面的世界也很无奈。但是，娜嘉却立刻感觉到"有一股清爽之气沁透她整个心灵和整个胸腔，使她感到欢欣和兴奋"。甚至开始明显地厌恶自己那个自以为是而庸俗的未婚夫，以致"他搂住她的腰的那只手，都觉得又硬又凉，像铁箍一样"。于是，在结婚前夜，她毅然决然地跟随沙夏离家出走。她这样解读自己果断的行动："我看不起我的未婚夫，看不起我自己，看不起这种毫无意义的生活。"

今天重新读来，会觉得娜嘉的决定有些鲁莽，但依然让我心动。娜嘉对于眼前世故而惯性的生活的敏感，让今天已经麻木的我们汗颜。在物质主义的侵蚀之下，娜嘉的母亲和祖母为其安排好的一切，有那样好的物质生活，有那样门当户对的婚姻，家乡有那样美丽的花园，在莫斯科又为她准备好了上下两层楼的房子……所有这一切，不正是我们渴望、羡慕并孜孜以求的吗？她怎么会突然感到毫无意义了呢？

我们会像娜嘉一样做到放弃这样诱人的一切，而进行自己新的选择吗？我不清楚，如今和娜嘉一样二十三岁的年轻人会怎么样？如果我今天也二十三岁，我会做出和娜嘉一样的选择吗？我不敢回答。如今，人们对于生活的追求方向和价值判断的标准，已经完全不一样。娜嘉认为她选择的是一种和过去庸俗生活告别而渴望精神富有的新生活，而我们选择的则是和穷怕了的生活告别而渴望拥有物质富有的新生活。于是，我们已经没有了娜嘉对于生活的那种敏感，我们更多拥有的是对房子、车子以及名牌包包等物质的敏感。而对于这种仅仅物化而庸俗生活的批判，是契诃夫一生作品中所持之以恒的态度。他将这种生活称之为泥沼式的生活，而我们深陷这样的泥沼里，却舒舒服服地以为是躺在席梦思软床上。在他的这一部最后的作品中，更是强化地塑造了毅然走出这种泥沼生活的新娘的形象。

　　不同的时代，契诃夫让我读出不同的味道。这便是契诃夫的魅力。

　　在《新娘》的第四章中，娜嘉决定和沙夏离开这个沉闷的家的那一夜，契诃夫让那一夜刮起了大风，让风毫不留情地吹落了花园里所有苹果树上的苹果，还吹断了一棵老李子树。这些正是我们爱护和珍惜的，怎么可以让李子树断掉、苹果尽落呢？拥有带花园的房子，花园里有果树，能够在春天开花、在秋天结果，在明亮玻璃飘窗下有钢琴和小提琴的伴奏，不正是我们梦寐以求的生活吗？生活品质的高低与新旧的判断与追求，我们和娜嘉，和契诃夫就是这样的不同。所以，在我们的文学作品和影视作品中，我们屡见不鲜地热衷那些在这样美丽的花园洋房里婆婆妈妈、卿卿我我，或鸡吵鹅斗，便是见多不怪的了。我们不知道那其实是早在一百多年前娜嘉和契诃夫批判并抛弃过的。百年之后，"新娘"的新，大概也正在于此吧。

　　那本三十九年前读的《契诃夫小说选》，早已经不新，封面都没有了，里面的书页也破损得很厉害了。这些年，我先后买了简装和精装两套十卷本的契诃夫小说全集，却一直没有舍得丢掉这本书。这位百年新娘伴我又长了三十九岁，已经白发苍苍，老奶奶一样了，但对于我，她却是永远的新娘。

醋栗的幸福

醋栗，是一种灌木。我没有见过，看图片，醋栗有黑色和红色之分，圆圆的，是那种比葡萄珠还要小的果子。黑的很像我在北大荒时见过的黑加仑，红的像那时漫山遍野的山丁子。

在文学作品中专门以醋栗为题的，我只见过契诃夫的短篇小说《醋栗》。这是他一百多年前写的，现在读来，仍然具有如今我们不少小说中难有的现代味。所谓现代味，就是说它不像传统小说有一个小猫吃鱼有头有尾的故事，尤其要有一个令人意想不到的结尾，像夜空中蓦然迸放的一朵烟花。《醋栗》没有什么故事，结尾也没有那朵烟花。它讲了一个平淡的人、一件平淡的事，用简单的一句话就可以讲完这个人这件事：一个土地主一直攒钱梦想买一个庄园，终于好梦成真。就这么简单，甚至有点乏味，契诃夫在这篇小说中不无嘲讽地说，人们其实想听"文人雅士和女人的事"，甚至看那个在客厅里走来走去的漂亮的女仆，要比听这件土地主买庄园的事"都美妙得多呢"。

这就是契诃夫的厉害。即使只是挂角一将的旁敲侧击，也让我们会心，或如一箭穿心，觉得一百年前的人与事，离我们并不远。这就是小说叙事的现代性。

难道如今的我们不是一样喜欢听"文人雅士和女人的事"，喜欢看漂亮的女仆在我们面前走来走去吗？我们的小说里，我们的屏幕中，不尽是被这些人秋波暗送或撩拨吗？就更不要说梦想买庄园了。在这里，庄园或许大了些，但是，买一套乡间的别墅，或者买一套城里的大房子，该是多少人一辈子的梦想。谁能够想到呢，我们竟然和一百多年前的契诃夫在这同一梦想前重逢。或者说，一百多年前，契诃夫就早早在那里等候我们了，守株待兔般知道我们一定得在那里撞在他的这株树上。

所有持有这同一梦想者，都会经历这样的三部曲，即想象自己住进这样的庄园、别墅或大房子的情景，开始广泛关注报纸上的地产广告，节衣缩食攒钱。契诃夫的小说《醋栗》中的那个土地主，一样奏响了这样的购房三部曲。只是，他更为极端一些，为了购房款而娶了一位又老又丑但有钱的寡妇，还不让人家吃饱，不到三年把人饿死了。他的庄园却终于买得了，志得意满之余，唯一遗憾的是，庄园没有他早早设想的醋栗。小说的题旨，在这时出现了。这是小说最关键的细节，更是指向明确的明喻。契诃夫爱用这样的写作手法，比如《樱桃园》《海鸥》《带阁楼的房子》。他愿意让它们说话，作为艺术的背景，和人物一起完成明暗之间的命运之旅。

试想一下，如果没有这个醋栗，一个买房人志得意满的故事，该如何述说？那三部曲说得再委婉曲折，不过和我们自己的生活大同小异。有了醋栗，全盘皆活，如同在一桶恹恹欲睡的鱼群中放进一条泥鳅。

为此，故事好讲了，人物活了，小说的主旨跟着深入了。

土地主先是买了二十墩醋栗栽下，日子开始"照地主的排场过了起来"。原来，醋栗不是一种普普通通的绿植，是他梦想中的排场与贵族身份的重要形式与内容之一，就如同我们必在自己的新房里悬挂一幅印刷品油画一样。当然，可以将醋栗随意置换我们自己的心中所爱。

等醋栗第一次结果，仆人为他端来，土地主"笑起来，默默地瞧了一会儿醋栗，眼泪汪汪，激动得说不出话来，然后他拈起一个果子放进嘴里，露出小孩终于得到心爱玩具后的得意神情，'真好吃！'他说。"

紧接着，夜里，土地主"常常起床，走到那盘醋栗跟前拿果子吃"。如此，醋栗三部曲，方才曲终奏雅。所谓心满意足又激动难抑的心情，醋栗帮助了土地主，更帮助了契诃夫出场完成。

契诃夫的更高明之处，不仅在于以醋栗完成对人物性格的塑造和对人物心情的描摹，更在于他对于幸福的认知与发问。是不是买了一套梦想中大房豪宅就是幸福？他讲这个土地主买房的故事时，一再说自己带有点忧郁的心情，他亲眼看到这个土地主是如此的幸福，自己"心里却充满近似绝望的沉重感觉"。他甚至感慨："这是一种多么令人压抑的力量。"在这里，醋栗成为契诃夫诘问和批评这个幸福的代名词。

契诃夫说："如果生活中有意义和目标，那么，这个意义和目标就断然不是我们的幸福，而是比这更合理、更伟大的东西。"这个东西是什么呢？他没说。他只说天下还有不幸的人。但是，很明确，他指出这些以房子为意义和目标的幸福，不是真正的幸福。那只是属于醋栗的幸福。可怜的我们有多少人归属这样的幸福圈里呢？在经历了普遍的贫穷和没有房子的痛苦之后，没有比房子更让我们纠结一生的事情了。房子，确实是我们的幸福，我们容易跌进安乐窝里，以为醋栗的幸福就应该是我们的幸福。

契诃夫在小说里说："那果子又硬又酸。"我没有尝过醋栗，不知道醋栗是不是这样的滋味。

《万卡》一百三十年

《万卡》是契诃夫1886年写的一篇小说，距今一百三十年。应该感谢这个世界上有《万卡》这样一篇小说。小说讲述的故事，是那样的简单，却是那样的撼动人心。

如果只是写一个叫万卡的九岁小男孩，在圣诞前夜，忍受不了离家在外学徒生涯的痛苦，给唯一的亲人爷爷写了一封诉苦求救的信，还会有《万卡》这篇小说这样的魅力吗？

可以肯定地说：不会。契诃夫让万卡写给爷爷的信，没有地址，是一封永远无法寄到的信。如果爷爷收到了信，也就不会有这样的魅力。

那么，如果仅仅写万卡寄出一封爷爷永远也不会收到的信，小说就真的具有了那样悲凉的魅力了吗？

如果仅仅这样写，只能说明契诃夫聪明。契诃夫的伟大，在于他没有将一篇内容丰富的小说处理成一篇简单的小小说，或欧·亨利式结尾处的灵光一闪。在《万卡》这篇小说中，契诃夫让万卡一边给爷爷写信，一边回忆起和爷爷在一起的往事。过去的事情，眼前的情景，两条平行线同时运行，就像电影里的闪回，就像音乐里的二重唱。

契诃夫是以过去时态的叙述推动现在进行时态的叙述，在这样过去与现在的互动之中，形成小说的合力，加剧了紧张感，才让小说最后的结尾苍凉而令人感慨和回味。

契诃夫在小说两大段过去时态的插叙里，极尽力量叙述的是过去万卡和爷爷在一起的欢乐时光，以此来对比万卡孤独一人在鞋铺挨打受骂吃不饱饭的痛苦生活。第一段插叙，契诃夫写这样三件事情：一是作为守夜人的爷爷的身边总跟着两条狗；二是爷爷和仆人们快乐地开玩笑；三是乡间雪夜美丽的景色，"整个天空缀满繁星，快活地眨眼。天河那么清楚地显现出来，就好像有人在过节以前用雪把它擦洗过似的"。第二段插叙，契诃夫写了两件事情：一是和爷爷一起去树林砍圣诞树，爷爷不住咯咯地咳嗽，树木被冻得咔咔地响，万卡学他们的样子咯咯地叫；二是女仆人给万卡糖果吃，还教万卡认字读书和跳舞。

在万卡写信时想起的这些人、事和风景，都是快乐的，而写的信的内容则全是悲伤的、痛苦的。这种明暗的对比，以快乐衬托痛苦，是这篇小说最主要的艺术特色。契诃夫就是用这样的方法，让一个小孩子给爷爷诉说自己的痛苦，普通的一封信，有了这样震撼人心的冲击力。我们知道，万卡的信写完了，那些快乐的回忆也就随之结束了，小说就要收尾了，而迎接万卡的，是这封信永远寄不到爷爷的手里。这是一种多么让人感到悲凉的结尾。快乐的回忆，是那样的短暂，可望而不可即，但是，痛苦却还在眼前，而且将继续下去。这样的结尾，万卡现实的痛苦生活和过去快乐的回忆交织一起。最简单最常用的插叙方法，在契诃夫的手里起到了这样大的作用，帮助他完成了比现实更具有力量的艺术空间的塑造。

契诃夫仅仅是为了以快乐对比痛苦吗？如果回过头来再仔细读一遍，会有新的发现。第二段插叙中，契诃夫特意写到，爷爷在老爷家的圣诞树上给万卡摘了一个圣诞礼物，其实，那只是用金纸包着的一个核桃，但是，万卡却让爷爷替他"收在那口小绿箱子里"。同时，万卡嘱咐爷爷："我的手风琴不要送给外人。"这是万卡的两个小小的愿望，说明他是多么渴望回到爷爷的身旁，而且，对于这个愿望的实现，他的心里是充满信心的。可是，他写给爷爷的这封信，却永远寄不到。这是多么残酷的事实呀！每一次读到这里的时候，想象着蜡烛光下写信的万卡，我的心里总会一颤，眼睛发酸。

除了快乐和痛苦的对比，还有希望在现实面前无情地破灭，万卡之所以让人心疼、让人悲伤、让人无奈，是因这样两种力量集为一束冲击着我们的心。

还有一点，在第一段插叙中，契诃夫写了总跟着爷爷身边的两条狗，其中重点写了那条叫泥鳅的狗，它总是挨主人的打，甚至被打断了腿。泥鳅的命运，会让我们想起万卡。小说最后让万卡做了一个梦，梦见了爷爷，也梦见了泥鳅。读到这里，会让人多么的心酸，泥鳅还能够在爷爷的身边，而万卡却不能。最普通的插叙方法，契诃夫将其用到了极致，看似不经意却有着这样细微而缜密的铺排，得以让万卡这封著名的信富有了这样丰富而震撼人心的力量。

一篇那样短的小说，历经一百三十年还能让人读下去，并且读后令人感动甚至震撼，并不多见。这是契诃夫的魅力，也是短篇小说的魅力。好的短篇小说，远胜过泛滥成灾、粗枝乱叶的长篇小说。音乐家德彪西说得对："有时候，大的东西让我恶心。"

大自然的情感

可能是虚构越发远离真实，脂粉过重让美人日渐打折，我现在对作家笔下的文字心存怀疑。便自立法门，其中之一，是看他们对大自然的态度和描写来衡量其真伪与深浅。这是一张pH试纸，灵验得很。普里什文说过："在大自然中，谁也无法隐藏自己的心迹。"

一直喜欢普里什文。在这个始乱终弃的时代，没有一个人能够如普里什文，倾其一生的情感和笔墨，专注书写大自然。

"我以为是微风过处，一张老树叶抖动了一下，却原来是第一只蝴蝶飞出来了。我以为是自己眼冒金花，却原来是第一朵花开放了。"谁能够有这样的眼睛？"在一支支春水流过的地方，如今是一条条花河。走在这花草似锦的地方，我感到心旷神怡，我想：'这么看来，浑浊的春水没有白流啊！'"

谁能够有这样的情感？"春天暖夜河边捕鱼，忽然看见身后站着十几个人，生怕又是偷渔网的，急奔过去，原来是十来株小白桦，夜来穿上春装，人似的站在美丽的夜色中……"谁能够有这样的心思？

只有普里什文有。这样的眼睛，是大自然的眼睛；这样的情感和心思，和大自然相通。也可以说，这样的眼睛、情感和心思，属于大自然，也属于童话和赤子之心。

我信任的另一位作家是于·列那尔。源于他曾经这样写过一棵普通的树，他把树枝、树叶和树根称为一家人："他们那些修长的枝柯相互抚摸，像盲人一样，以确信大家都在。"就是这一句，让我感动并难忘。他还曾经这样描写一只普通的燕子，他把它看作和自己一样是写文章的人："如果你懂得希腊文和拉丁文，而我，我认识烟囱上的燕子在空中写出来的希伯来文。"他以平等的视角和姿态，视树和燕子与人一样。确实，我们不比一棵树和一只燕子高贵和高明，甚至有时还不如。

中国作家里，我信服萧红。她把她家的菜园写活了："花开了，就像花睡醒了似的，鸟飞了，就像鸟上天了似的，虫子叫了，就像虫子在说话似的，一切都活了。都有无限的本领，要做什么就做什么。倭瓜愿意爬上架就爬上架，愿意爬上房就爬上房。黄瓜愿意开一朵谎花就开一朵谎花，愿意结一个黄瓜就结一个黄瓜，如果都不愿意，就一个黄瓜也不结，一朵花也不开，也没人问他。玉米愿意长多高就长多高，它愿意长到天上去也没人管，蝴蝶随意飞，一会儿从墙上飞过来一对黄蝴蝶，一会儿又飞走一只白蝴蝶，它们从谁家来的，又到谁家去，太阳也不知道。"那倭瓜也好，黄瓜也好，已经和她命牵一线，情系一心，写的就是自己。

很多年前，读迟子建的小说《逆行精灵》，里面有一段雨过天晴后的阳光的描写，至今记忆犹新："阳光在森林中高高低低地寻找着栖身之处，落脚于松树上的阳光总是站不稳，因为那些针叶太细小了，因而它们也就把那针叶照得通体透明。"

更多年以前，读苇岸《大地上的事情》，说到他曾经在一次候车的时候看到一只麻雀，发现麻雀并不是平常所说的只会蹦跳，不会迈步，只不过是移动步幅大时蹦跳，步幅小时才迈步。这一发现，让他激动，他说："法布尔经过试验推翻了过去昆虫学家'蝉没有听觉'的观点，此时我感到我获得了一种法布尔式的喜悦和快感。"

如今，谁还会在意落在松树上的阳光，因为松针细小而"站不稳"这样的小事？谁又会为注意麻雀和其他小鸟一样会迈步，而涌出"一种法布尔式的喜悦和快感"？观察的细致，来自心底的入微。眼睛视而不见或熟视无睹的粗心麻木，源于心已经粗糙如搓脚石一般千疮百孔了。

去年，读一篇作者叫李娟写的文章，名字不大熟悉，文字却打动我。她说花的形状和纹案"只有小孩子们的心里才能想象得出来，只有他们的小手才画得出"。她说花开成的样子"一定有着它自己长时间的，并且经历相当曲折的美好想法吧"。她说花散的香气"多么像一个人能够自信地说出爱情呢"。她还说那些没有花开也没有名字的平凡的植物："哪一株都是不平凡的。它们能向四周抽出枝条，我却不能；它们能结出种子，我却不能；它们的根深入大地，它们的叶子是绿色的，并且能生成各种无可挑剔的轮廓，它们不停地向上生长……所有这些我都不能……植物的自由让长着双腿的任何一人都自愧不如。"

我感动的原因，是她和上述那些值得信赖的作家一样，有这种本事：平心静气，又气定神闲，内心里充满平等，又充满真诚，把大自然中这些最为普通的一切，能够细腻而传神地告诉给我。只有他们才有这种本事，信手拈来，又妙手回春一般，将这些气象万千的瞬间捕捉到手，然后定格在大自然的日历上，辉映成意境隽永的诗篇、生命永恒的乐章。

谁能够做到这样？这样对待大地上一朵普通的花、一条普通的河、一棵普通的树，或一只普通的燕子或麻雀？我们会吗？我们可以把花精致地剪成情人节里的礼物，可以在河里捞鱼或游泳，可以到原始森林里去旅游或野炊，可以在落满雪花的大树前或爬到树上去拍照片，但我们不会对春天里第一朵花开时的瞬间有感觉，不会注意到阳光在松针上"站不稳"、麻雀会迈步、燕子会写希伯来文字这样区区小事，更不会面对平凡不知名的植物而心怀自愧之感。

　　想起英国的作家乔治·吉辛。几乎和李娟一样，他也曾经注意并欣赏过平凡的小花和无数不知名的植物，认为那是世界上最美妙的事情。在《四季笔记》一书里，他这样说："世界间还有什么比这更美妙的呢？在阳光普照的春晨，世上有多少人能这样宁静，会心地欣赏天地间的美景呢？每五万人中能否有一人如此呢？"

　　我是吗？是这每五万中的一个吗？

大地上的日历

——读普列什文《林中水滴》

　　我知道，城市的高楼越来越高，真正泥土的味道却越来越少；苹果的价钱卖得越来越高，味道却不见得比以前的好。也许，这就是人类生存的悖论，在创造着越来越多物质文明的同时，也要付出自己的代价，失去许多宝贵的东西。

　　于是，在远离大自然的城市里，我常常读的一本书，就是普列什文的《林中水滴》（潘安荣译，百花文艺出版社出版）。这本书能够带给读者大自然最为纯净而清新的呼吸、律动和情感，让我日益被城市繁华所掩饰下的虚伪乃至尔虞我诈，让我那被钢筋水泥所割裂开冷冰冰的壁垒森严和隔膜的心，得到一份滋润而不至于过早地粗糙老化。

　　那是1992年的六一儿童节，我和儿子一起在王府井书店里买的一本书，那时儿子才上小学六年级。那是这本书的第三次印刷，三次一共也仅仅印了15900册，无法和那些膨胀着男欢女爱欲望的书或考学升级实用的书或明星花拳绣腿的书的印数相比。当然，这没有什么可值得悲观的，人们被命运和时尚抽得如同陀螺般拼命地旋转不已，哪里还有闲心陪普列什文这个老头儿去光顾他的大自然。

记得很清楚，买了这本书回到家，和儿子一起看一起挑，挑了"河上舞会"这样的一段，让他抄在了他的笔记本里："黄睡莲在朝阳初升时就开放了，白睡莲要到十点钟左右才开放。当所有的白睡莲个个争奇炫巧的时候，河上舞会开始了。"儿子说这简直就像童话。没错，大地上、森林里发生着的一切，都是城市里所没有的奇迹，只不过，它们远离我们，或被我们无情地遗忘，或让我们根本看不见。

普列什文的这本书，他自己称是描写大地的日历，我说是描写大自然的诗。它能够让我重新认识那些远离我们的一切，它让我感到质朴的大地上所发生的那一切，是多么的动人，多么的温馨，离开它们，我们的城市再繁华，我们的日子再富有，我们的心和感情却是贫瘠的，我们会失去许多大自然本该拥有的细腻、温情、善良与爱的呵护、关照和呼应。

每当我读到他为我们描写的那仿佛是从星星上飘下来的

初雪，那春天最初的眼泪一般的细雨，那能够回忆起童年的稠李树散发的香味，那借落叶为降落伞飘落到地下的蜘蛛……每次读，每次都让我很感动。也许，只有他才能够细致入微地感觉到夹在密匝匝的云杉林中的小白杨有点冷而伸出了树枝，他说："真像我们农村里的人，也常出来坐在墙根土台上，晒太阳取暖。"就连大地上水塘里冒出那最常见不过的水泡，他也无比疼爱地说每一滴都是鼓鼓的、饱满的，是"既像父亲又像母亲的婴儿"。我不知道在这个世界上还有没有以如此诗的语言、如此童话的眼睛、如此孩子不泯的童心，还有如此以一生生命与情感的专注，来描写大地和大自然特别是森林的作家。我们的不少书中的语言已经越来越浑浊甚至变得脏兮兮了，哪里还能够找到这样纯洁如初雪一般的语言和感觉。

我不能不为普列什文感动，在我看来，在这个世界上，只有他才有这种本事，平心静气又气定神闲地把大自然的一切如此细腻而传神地告诉给我们。只有他才有这种本事，信手拈来又妙手回春一般能够将这些气象万千的瞬间捕捉到手，然后定格在大自然的日历上，辉映成意境隽永的诗篇、生命永恒的乐章。

面对春天里的第一朵花，他说："我以为是微风过处，一张老树叶抖动了一下，却原来是第一只蝴蝶飞出来了。我以为是自己眼冒金花，却原来是第一朵花开放了。"

面对春天里流淌的河流，他说："在一支支春水流过的地方，如今是一条条花河。走在这花草似锦的地方，我感到心旷神怡，我想：'这么看来，浑浊的春水没有白流啊！'"

面对早被伐倒大树只留下空荡荡的树墩，他说："森林里是从来也不空的，如果觉得空，那是自己错了。森林里一些老朽的巨大树墩，它们周围原是一片宁静……高高的蕨草像宾客似的云集四周，不知从哪儿喧响的风儿，间或百般温柔地向它们轻轻吹拂，于是老树墩客厅里的一根蕨草就俯身向另一根蕨草，悄悄地说什么话，那一根蕨草又向第三根草说话，以至所有的客人都交头接耳了起来。"

在雪后静谧的森林里，看到带雪的树木姿态万千，神情飞动，却默默地立在那里，他忍不住问："你们为什么互不说话，难道见我怕羞吗？雪花落下来了，才仿佛听见簌簌声，似乎那奇异的身影在喁喁私语。"

……

谁能够做到这样？这样对待大地上一朵普通的花、一条普通的河、一片普通的树，乃至一棵闲置在一旁老朽的树墩？我们会吗？我们可以把花精致地剪成情人节里的礼物，我们可以在河里捞鱼或游泳，我们可以到原始森林里去旅游或野炊，我们可以在落满洁白的雪花的大树前或爬到树上去拍照片，但我们不会有春天里第一朵花开时瞬间的感觉，不会把春水荡漾的小河说是花河的想象，便也就不会看到老树墩客厅里蕨草在交头接耳的童话，自然更不会停下来我们为名缰利锁而奔波的匆匆脚步，去和落满雪花的大树悄悄地攀谈。

我们远离大地和大自然，我们的眼睛在逐渐变得色盲一般只认识了钱票子的面值大小；我们的味蕾在逐渐变得只会品尝生猛海鲜和麻辣烫；我们的嗅觉在逐渐变得只闻得见香水、烤肉、新出炉的面包，和新装修的房间里带着甲醛的味道。

普列什文曾经说："世界是美丽非凡的，因为它和我们内心世界相呼应。"普列什文在这本书中拉近了我们和这个美丽非凡世界的距离，帮我们找到了内心世界与这个世界相呼应的方法，那就是要如普列什文一样去珍爱大自然，去和普列什文一样怀有一颗真挚的赤子之心，以及和普列什文一样不失去美的瞬间，即把握住永恒的爱与敏感。土地会让我们的脚跟结实，河流会让我们的心净化，树木会让我们的呼吸清新，天空会让我们的眼睛望得远一些。

应该感谢普列什文。应该记住普列什文，这位1873年出生、1953年逝世，活到八十一岁高龄的苏联的伟大作家，记住这位当过兵、当过农艺师、当过乡村教师，一生没有离开过大自然的睿智老人。

普列什文曾经说："一个人是很难找到自己心灵同大自然的一致，并将他转达到艺术中去的。"但是，他找到了并达到了这一目标。

于·列那尔和他的
《胡萝卜须》

　　我曾经向很多人推荐过法国作家于·列那尔的《胡萝卜须》一书。但我发现并没有多少人真正地喜欢，或认真地阅读。我想也许是我自己过于喜欢，想当然以为别人也一定会喜欢。如今的阅读，愈来愈功利化，讲究的是实用、实惠和实际，我称之为"三实主义"。

　　我喜欢于·列那尔。源于他曾经这样写过一棵普通的树，他把树枝、树叶和树根称为一家人，他说："他们那些修长的枝柯相互抚摸，像盲人一样，以确信大家都在。"就是这一句，让我感动并难忘。我当即买下了这本《胡萝卜须》，读下来，真的很不错，感觉没有欺骗我。

　　我以为这本《胡萝卜须》，应该和普列什文的《林中水滴》合在一起读，最合适，效果最好，而且最会有收获。相比较而言，《胡萝卜须》里，虽然也写了森林中的树木，但大多写的是林子里的小动物。《林中水滴》里，虽然也写了森林中的小动物，但更多写的则是森林里的花草树木。所以，合在一起读，既可以互补，又可以对比，彼此有个参照物，将大自然中动物和植物这两大方面都囊括在内了。

此外，我曾经还有一个建议，读这两本书的同时，最好能够带着孩子去动物园和植物园，让孩子以这两本书作为参照物，再来看动物园和植物园，感觉和感受肯定不一样，即使写作文，也会写得不一样。我曾经对不少家长和老师们说过，但我发现那只是我的一厢情愿。谁也不愿意做这样和动植物交流的无用功，都想走捷径，愿意带孩子进各种课外辅导班胜于动物园和植物园，不知道其实那里是更好的课堂呢。

《胡萝卜须》里写的那些小动物，实在是太可爱了，我真的从来没有见过有作家把动物写得这样可爱。

他描写喜鹊："老穿着那件燕尾服，真叫人吃不消，这真是我们最有法国气派的禽类。"笔下含有幽默，不是嘲讽，而是揶揄，甚至有点另类的夸赞。

他写孔雀："肯定今天要结婚。"是的，任何一个孩子都会从这样的文字中联想，要不孔雀为什么有五彩撒金那么漂亮的尾巴？而且，它还要开屏呢！

他写蝴蝶："这一张对折的情书小笺，正寻觅着花的住处。"写得真是别致，情书还要对折，亏了他想得出来。

他写一群蚂蚁走在同一条道上，"好像一串黑色的珍珠链子"。以珍珠链子为弱小无比的蚂蚁发出的礼赞，最能够获得孩子的信赖了。他把同情心给予比小孩子还要弱小的蚂蚁，正是这本书最大的特点，也吻合了孩子的心理特点。于·列那尔有这样的本事，让我们热爱这些小动物，把天平向同情心一边倾斜。

他写天鹅："在池塘里滑行，像一只白色的雪橇。"这样清新的比喻，如果成为孩子的造句练习，那该会引起孩子多大的兴趣呀。而且，我相信，孩子可以照葫芦画瓢，造出"燕子在空中滑行，像一只漂亮的风筝"。或者，"狐狸在雪地里滑行，像一道红色的闪电。"再或者，"蓝鲸在大海里滑行，像一艘巨大的海轮。"我想，大概只有孩子的想象力，可以和于·列那尔有一拼。

他写萤火虫："有什么事情呢？晚上九点钟了，他屋里还点着灯。"写得多么亲切呀，任何一个孩子看了这句话，都会会心地一笑。萤火虫点灯，也许谁都能够想出来，有什么事情呢？关心地多问一句，也许，并不是所有的人都能够想得到的了，为什么我们想不到呢？如果我们由此多问自己一句为什么，从而从于·列那尔处受到点启发，也许，我们的想象力会变得更丰富一些。

他写驴，很短："耳朵太长了。"

他写蛇，更短，只有三个字："太长了。"

这是印象里最深的两段描写了。虽然是二十多年前看的书，但至今难忘，每逢想起，都忍不住想乐。同样是太长了，为什么我会觉得写得好，并没有感到重复呢？他写蛇的时候，为什么不和写驴一样也写"身子太长了"呢？可以设想，写驴，如果只写"太长了"，人们会说驴哪儿太长了呀？写蛇，如果写成"身子太长了"，则显得多余，难道蛇的身上还有别的地方太长了吗？我曾经以这两段例子对孩子们说起，请他们自己比较，他们都会哈哈大笑不止，一下子明白了，语言的微妙之处，正在这里。

于·列那尔还这样描写燕子，他先是说她们"飞得太快了，花园里的水塘都无法临摹她们掠过时的影子"。然后，他把她们看作和自己一样写文章的人："如果你懂得希腊文和拉丁文，而我，我认识烟囱上的燕子在空中写出来的希伯来文。"他以平等的视角和姿态，视燕子与人一样，又将燕子写得比有些人还要可爱。确实，我们不比一棵树和一只燕子高贵和高明，甚至有时还不如。我想，也许正是有这样一点的平等和尊重，于·列那尔笔下的那些小动物才会那样的可爱，那样赢得并不仅是孩子的喜欢。

有时候，我会想象于·列那尔独自一人在森林里徜徉，默默地注视着那些小动物，以一个孩子的心态和心情，和它们说着悄悄话。这该是一种什么样的生活状态呢？这样生活状态下的作家的笔，和在物欲横流、灯红酒绿、疲于奔命的生活状态下的作家的笔，能够一样吗？我们现在之所以很难再见到如于·列那尔和普列什文一样的作家了，是因为我们少有这样远遁喧嚣的生活状态了。

想起英国的作家乔治·吉辛。几乎和于·列那尔和普列什文一样，他也曾经注意并欣赏过大自然的一切，认为那是世界上最美妙的事情。在《四季笔记》一书里，他这样说："世界间还有什么比这更美妙的呢？在阳光普照的春晨，世上有多少人能这样宁静、会心地欣赏天地间的美景呢？每五万人中能否有一人如此呢？"

应该说，于·列那尔和普列什文，肯定是这每五万中的一个了，但我是吗？是这每五万中的一个吗？我不敢抬头看一看他们的眼睛。

读契佛

　　契佛（John Cheever）是美国当代一位著名的短篇小说家，《契佛短篇小说选》（外国文艺出版社，1984年），这本书里的文章是以纽约为背景，着重写战后三十年美国社会里的一般知识分子，他们像镜子一样非常真实的生活，把知识分子在繁华喧嚣的纽约生活之中被挤压、被碰撞的心态描写得很有意思，把彼此之间的紧张关系和精神困惑写得不动声色却有内在的张力。虽然都是些庸常日子里的生活常态，表面看水波不惊，甚至是一地鸡毛，有些流水账的叨唠，却有着不着痕迹的艺术功力，和契佛对生活与人物的透视。

　　读契佛的小说，让我想起和他同时代的美国画家库珀。库珀冷静的笔触，让画面中的人物始终处于冷漠状态，所有的潜台词和内心涌动的波澜，都在画面的后面，确实和契佛有几分相似。如果用库珀的画给契佛的小说做插图，大概比较合适。契佛确实和库珀一样，不那么剑拔弩张。他像一个饱经沧桑的家庭老主妇，坐在厨房里，在一片一片慢条斯理地剥洋葱，不知剥到哪一片的时候，忽然辣了一下你的眼睛。

十六个短篇，辣了一下我的眼睛的有这样几篇：

《离婚的季节》和《重逢》。前者写夫妻，后者写父子，都是亲人之间的隔膜。人生中，最大的安慰莫过于亲人，最大的伤害和痛苦，也莫过于亲人了。

《离婚的季节》里那一对结婚十年有两个孩子的夫妻，都出身于那种喜欢回忆愉快往事的中产阶级，纽约惯性的生活，除了日常家庭琐事，每周出门一两次，每月娱乐一次，其他打发业余时间的方式就是到附近的朋友家串门了。故事就是从串门开始发生的。一个医生爱上了他的妻子，如同见惯了的婚外恋的故事，七年之痒之后常常出现的节外生枝。但纽约的婚外恋不搞偷鸡摸狗，医生送玫瑰花登门向丈夫陈情诉说，打乱了家庭的平静，最后甚至大打出手。结局和大多数家庭一样，激情过后，一切如旧，妻子站在房间里发会儿愣，然后点燃蜡烛，坐下来和全家一起吃晚饭。契佛没有怎么渲染婚外之情，也没有怎么写夫妻之间的纠葛，而把重心移至婚外情发生过后家庭生活日复一日地重蹈覆辙，平静之中的死水微澜，只能够让人站在那儿偶尔地发会儿愣。这一对夫妻并没有离婚，但小说的名字却叫《离婚的季节》，颇有含意和余味。

《重逢》让我想起卡佛的小说《软卧包厢》，都发生在火车站，都是父子多年不见后的一次渴望的重逢。只不过，卡佛是让父亲坐着火车来看儿子，契佛则是让儿子坐着火车来看父亲。不同的是，卡佛让父子没有见到面，而契佛让父子见了面，却在匆忙中连一顿饭都没有吃成，最终不欢而散。卡佛把矛盾掩藏在冰山的下面，契佛却让矛盾走上了前台。卡佛一直让父亲一人在演独角戏，契佛则让父子在唱二人转。其处理的角度和方法不同，艺术的效果也就不同，契佛给人以平易，卡佛给人以意外；契佛内化人物的心理，卡佛外化生活的质感。相同的一点，是父与子的矛盾从屠格涅夫开始就是永恒的，其痛彻骨髓的苦楚都弥散在小说的字里行间。

《一台宏大的收音机》构思奇特，简直有些后现代小说的味道，在契佛所有写实的小说里几乎绝无仅有。一对夫妻淘汰旧的收音机，买了一台颇为大个儿的收音机。这台收音机怪了，收音格外灵敏，能够把全楼各家的声音尽收里面，然后播放出来。于是，各家的隐私都毫无遮掩地暴露在这对夫妻的家中，这令他们格外好奇，也格外惊讶。反过头来，他们也害怕起来，怕自己的隐私同样会被别人家听见。他们开始请人修收音机，收音机修好了，夫妻俩的关系变坏了，妻子希望能够再听到邻居的声音时候，收音机里发出的却是冷冰冰的新闻广播，说的是东京的火车事故、布法罗的医院火灾，和当地的温度与湿度的报告。小说真的非常绝妙，体现了契佛智慧和老到，将人们彼此的关系和微妙的心理，写得淋漓尽致，又别开生面。

写得最好的，要数《圣诞节是穷苦人悲哀的日子》。一个在公寓楼做电梯工的贫穷单身汉查理，在圣诞节从早到晚一天里的故事，早晨每个坐电梯下楼的人都向查理道一声圣诞快乐，查理都要说一句："对我来说这算不上什么节日，圣诞节对穷人来说是悲哀的日子。"在圣诞节的时候，人们听了他这话，怜悯之心油然而生，都纷纷把同情给予他，都说要把自己家里的圣诞大餐分一份给他，让他的这个圣诞不再悲哀。他便顺竿爬，谎称他有四个孩子。于是，下午，人们陆陆续续来到电梯里，给他送吃的喝的，还给他那四个虚拟的孩子送来各种圣诞礼物。这种从来没有过的境遇让他分外惊喜，多得不可思议的吃的喝的和礼物，堆满了电梯下面他的更衣室，兴奋的他情不自禁地一个人开着电梯，全速地一下子开到楼顶，又欢呼着一下子开到楼底，像玩游乐园里过山车一样开心。当他载着一位夫人再一次忘乎所以玩这个空中飞人游戏的时候，夫人尖叫着差点儿没有昏厥在电梯间。乐极生悲，查理被解雇了。晚上，他把那些人们给他"孩子"的圣诞礼物装进一个装废品的麻袋里，回到他租的那间破旧的小屋，他把这些礼物都给了房东的三个瘦得皮包骨的孩子。圣诞节还是穷苦人悲哀的日子。

小说构思得精巧，人物的辛酸，戏剧性的情节变化，看惯了契佛平淡如水的小说之后，这篇给人耳目一新，看得出十九世纪我们惯说的那种批判现实主义的小说对契佛的影响。不同的是，他并不像欧·亨利那样刻意书写贫富之间的差异和矛盾，而是将笔深入人物的内心世界其复杂微妙之处，而且多了一层隔岸观火的幽默。

虽然我们与纽约的生活距离十万八千里，但是契佛的小说拉近了时空的距离。在契佛的小说里，我们能够看到我们自己在北京和那些外地进京打工仔的生活影子，和契佛笔下的查理在交错或重叠。契佛的感悟和困惑以及发自心底的那一声微微叹息，其实也是我们自己的，因为我们现在经历的，正是契佛在那些年代里所经历过的，似曾相识是必然的，也是契佛的小说让我们现在读着依然亲切而不过时的原因。

文学还是要描摹人类心灵深处的一些东西，而不是生活浮光掠影的泡沫，哪怕是很热闹的泡沫。这样的文学的生命力才能够长久一些，超越一点时空。从观念到观念，从形式到形式，从生活到生活，和从心灵到心灵，到底是不一样的。

读卡佛

卡佛（Raymond Carver）是美国二十世纪八十年代复兴短篇小说的主力之一，被称为和海明威、塞林格、契佛齐名的最伟大的现代短篇小说家。在美国研究他的专著就有不下二十本。他的作品被翻译成二十多种语言，在被介绍到德国之后，曾改变了德国短篇小说的创作。他的几个短篇小说还被美国著名导演罗伯特·阿特曼改编成电影《浮世男女》，又译《银色性男女》《捷径》。

卡佛 1938 年 5 月 25 日生于俄勒冈，死于 1988 年 8 月 2 日。只是得到文学界的认可很晚，去世那年他才被选入美国艺术文学院（American Academy of Arts and Letters）。他十九岁结婚，二十一岁的时候就有了两个孩子。一生漂泊动荡，很少有正式的工作。曾经被四次送进医院，强制戒酒，最后死于癌症。死前的那一份奖金才让他的生活稳定下来，使得他有了时间创作长篇小说，可惜只写了几万字就去世了。他的写作介乎卡夫卡和品特之间，他笔下的人物都是失败了的或是正在走向失败的小人物，很少有欢笑，就像他自己的生活一样。在他的小说里，失去的一切，不是故事的结果，而是故事的开始。

在美国，卡佛被认为是极简主义小说的代表，如果放在大的文化背景下看的话，我们也可以发现他与简约派音乐（比如菲利普·格拉斯）和简约派美术的关系。有人说他是海明威"冰山理论"的最极端的发扬者。

如他的遗作《柴火》一样，重要的是他小说里所省略的部分，没有写的部分可能会更加让我们充满想象。小说主人公梅耶为什么失去了妻子，只提了一句说她跟一个酒鬼跑了，并没有展开；梅耶到索尔家砍柴火，不付钱也要干这个活儿，为什么？柴火为什么对于他生死攸关？也都语焉不详，只是一笔带过。而小说展现在我们面前的是索尔夫妻对梅耶的好奇，梅耶对索尔家中的女主人照片和突然响起来的电话铃声的微妙心情，以及他不断地砍柴火和先后七次出现在视野里那远处的山水。最后，小说写道："今天我看到了一只野鹰，一只鹿，我劈了一大堆木头。"他将一个失去家庭的男人的孤独心境，在一对夫妻和一堆柴火的映衬下，描摹得木刻一般干净。见棱见角，有力度。

可以看出，到了卡佛那里，文学终于不再是一种炫技或杂耍，没有花腔，甚至没有高潮。他的作品让我们重新认识到小说的力量恰恰源于生活本身的苍白和无力，小说的最终结构恰恰只能是对生活本身芜杂和荒诞的模仿与选取。

卡佛是继海明威、福克纳之后最优秀的短篇小说家之一，是真正的当代文学大师。还说他的《柴火》，篇幅虽短，却有完整的故事，其简洁的情节和冷漠的语言，在叙事中充满了阅读魅力。《结尾的意义》一书的作者、文学理论大师弗兰克·克默德，曾经说卡佛的小说是在自己给自己放下的镣铐里跳舞跳得最好的人。在限制与留白之间，他看似波澜不惊，却是难得的月白风清，如同我国古典美学中的大味必淡的意思吧。而现在有些小说，早将限制的镣铐换上了时髦的金子或珠子做成的手环和脚链了。

不应该让所有小说都像卡佛所写的那样，但也不应该没有这样小说的存在。文本膨胀和臃肿往往是个人的选择，但从某种角度上说，我总觉得，一个中国的批判主义作家还不应该是个胖子（臃肿）。卡佛是小说中的汤姆·维茨，汤姆·维茨是美国老牌的摇滚歌手，在罗伯特·阿特曼改编卡佛小说的电影里，汤姆·维茨还出演过其中的一个角色。在他们的作品中，他们同样会告诉你，"那辆带着你离去的火车，恐怕不会再带你回家"——这是汤姆·维茨唱过的一首歌里的一句歌词。

对比卡佛，我们的小说里，不仅少了作者的激情，也少了作者个人的苦难。包括我自己在内，有几个人真的能像卡佛那样在朝不保夕的状态下写作。但我又想，如果真有一个人像卡佛那样写作，我们的评论家们，我们的杂志，会认可吗？如果他不是卡佛，我们还会觉得他真的写得好吗？或者真的能够读得下去吗？所以，这不应该仅仅是作家的问题，还更是我们整个的文学观念的问题。我觉得卡佛写得好，恰恰是因为我相信生活本身缺血缺钙的苍白。不管怎么样，文学就像过去所谓的革命事业一样，总不能只是"请客吃饭"吧？也不能总像现在电视里的肥皂剧一样吧？小说里呈现出的琐碎与臃肿，不仅来自生活，也来自我们本身，在一个热衷煽情、崇尚繁华、喜欢走秀的年代，小说也可以成为一种表演。所幸的是，卡佛是个小说家兼酗酒者，恰恰不是演员。

和历史调完情以后

——读《朗读者》

我一直在盼望着能够有这样一本小说出现。

六年前，我终于读到了《朗读者》（译林出版社）。稍稍可惜，是德国人写的，而不是我们自己。作者本哈德·施林克，对于我们是陌生的，但在我看来，他和他的德国作家，特别是战后的德国作家如伯尔、格拉斯，一样的杰出和重要。他是一位法学教授和法官，在这本书之前已经出版了三本犯罪小说，卖得都不错。《朗读者》是他第一本"严肃"作品，除了在国内取得了轰动，并马上取得了国际性的成功。光在英语世界里就卖了快二百万册，是战后继《香水》卖得最好的德国小说。

同《香水》一样，这同样是一个有关性爱和罪恶的畸情故事，但也同《香水》一样，它在性爱和罪恶的表皮下，讲的是另一个更为深刻的故事，对于战后德国读者，触动的是更具有切肤之痛的问题，那就是：如何面对这个民族曾经拥有过的法西斯罪恶的过去，尤其是战后成长起来的第二代、第三代人，如何面对自己的上一辈不愿示人的过去！

故事讲述了十五岁的米夏和三十六岁的汉娜一次街头偶遇和接下来无法控制的身体接触，女人对自身文盲和集中营看守历史的双重隐瞒，对学习教育的几乎疯狂的重视和偏执，并没有让男孩怀疑自己对女人的迷恋，性爱之前他对女人的高声朗读，不仅变成了小说的标题，也变成了他们之间的一种契约或是默契。然后，汉娜突然不辞而别，小说的第一章到此戛然而止。直到多年以后米夏成为法学大学生时才又看到了她：在法庭上，她出现了，站在历史黑暗的另一边，承担着战后人们对罪恶的指责。

如果她是过去的凶手，米夏该怎么办？读到这里，第二章，小说终于露出了它清冷的锋芒，刺向了每一个后奥斯威辛时代的读者：毕竟历史过去得还并不太久远，罪恶也并不那么遥远。当你和那段黑暗缠绻地上过床以后，你会一身轻松地下床吗？后战争历史中的一代人，该如何面对经历过那段沉重历史的父辈母辈的爱呢？

读到这里，我在想，同情节紧凑而貌似情爱流行的第一章写法不同，我们中国读者对此是陌生的，会显得有些隔阂，但却是这部小说最精彩的部分。我们的不少小说已经如一张油饼，被电视剧和时尚的双面煎烤得过分光滑油亮、香酥可口了。但是，在这部小说中，到了这里，作者不仅将汉娜，同时也将米夏置于审判席上，就像第三章中米夏自己说的"全都捆绑在一起出庭"。只不过，米夏内心的折磨更为痛苦，虽然他没有和汉娜有过一次的正面接触，却在他同父亲、同法官、同老师，同他在寻访集中营的路途中遇到的出租汽车司机与餐馆里的瘸老头儿、年轻人的散点透视中，一次次循环往复地拷问历史和心灵，那就是上下两代人对于历史罪恶的理解与谴责、对于残酷记忆的遗忘和铭记的矛盾。那种沉思与内省的笔触，让我感动忍不住想起我们自己的历史与现实。

　　小说写到这里，已经不再仅仅是关于性爱或是罪恶，而是在讲一个在为了不能够忘却的记忆中，战后新一代人如何成长的寓言。在这里，汉娜是作为米夏的上一辈而出现的，米夏与她上床不过是下一代对上一代爱的一种极端的象征（在第三章里，作者特别写到那位精神分析专家盖西娜对米夏指出：在他的故事里，他的母亲的影子几乎没有出现过，从一个侧面更证实了汉娜在小说中的身份象征）。在调节记忆与现实以及两代人的关系中，汉娜和米夏表现出的不是我们这里的成长小说中所常见的代沟，这里没有任何的预制设想，而是突然发现上一代人的罪恶，又如何处理对他们的爱，面对这种时空交错的纠缠、刺痛，如何以更健康的心态成长，而不是回避或视而不见那种集体记忆留给我们今天所有人的影子。这正是这部小说最打动我的地方。

如果从这个角度而言，我确实读出它是一部成长小说的味道来——当然，这只是我的一种解读，好的小说从来都是多义的。德国人从来都是成长小说的高手，歌德的少年维特的故事曾让年轻的郭沫若声名大震，也使得维特成为那个时代年轻人的偶像。

值得一提的是小说天然去雕饰的语言，干净得像冰凉的骨架，在骨头的缝隙中，是一个被历史隔开的两代人间朗读与倾听、诉说与沉默、罪恶与遗忘、逃避与短兵相接、激情与蓦然惊醒的故事。此次再版的小说中附有童自荣先生精彩朗读的光盘，让这本《朗读者》的朗读者更多了一层意味。

格拉斯剥洋葱辣了谁的眼睛

　　德国伟大的作家、诺贝尔文学奖的获得者君特·格拉斯，最近因在《剥洋葱》一书中自曝十七岁时曾经参加党卫军而备受世人关注。人们谴责他在七十八岁时候的忏悔来得迟了，甚至有人愤怒指责他虚伪而使其声誉大跌。在德国，战后的反思与忏悔，成为一代人的洗礼，他们处理这样的人物记忆犹新而轻车熟路，人人心里都有杆秤。因此，他们的愤怒和谴责，是可以理解的，与我们的心理和思路不尽相同。

　　我们当然可以说，格拉斯十七岁的丑闻并不能够否定他文学的成就，就如诗人庞德当年也曾经支持过意大利的墨索里尼，指挥家富尔特温格勒和卡拉扬当年也曾经为法西斯魁首做过事情，但是，并不能否定他们的成就与贡献一样。同为指挥家的托斯卡尼尼曾经说过那句著名的话："在作为音乐家的富尔特温格勒面前，我愿意脱帽致敬；但是，在作为普通人的富尔特温格勒的面前，我要戴上两顶帽子。"面对人生中两种轨迹，致敬与谴责，确实需要分别对待。

问题似乎并不仅仅在这里，问题在于对于离我们遥远的异国作家的历史丑行，是苛刻还是宽容，为什么引起我们的关注？为什么我们听到格拉斯的事情后心里会隐隐一颤？格拉斯剥洋葱为什么辣了我们的眼睛？

我们每人心里也有一杆秤，德国的历史和我们的历史、格拉斯和我们，便有着无法分割的相关性和相似的切肤之痛。面对那段离我们并不遥远却都曾经把我们各自的民族推向灾难边缘的历史，记忆在经受着灵魂的矛盾和考验，理解与谴责，遗忘与铭记，忏悔与推诿，是我们共同的话题。在那个法西斯横行的时代里，施暴者鹰击长空，突然激增，而进入新时代他们又鱼翔浅底，突然隐匿在大众之中。于是，宽容成为遗忘的最好替身，法不责众和墙倒众人推成为解脱的最为便当的掩体，过于强调一切向前看，有意或无意地忽视和淡漠了回头审视。

在一个好了伤疤忘了疼的年代里，回避记忆，抹掉记忆，热衷于失去记忆，已经是司空见惯。在一个对过去并不长久的历史遗忘得那样漂亮，同时日趋泛娱乐化的文化背景中，如格拉斯一样，哪怕是在七十八岁垂垂老矣的时候还能够唤回记忆，不那么容易，那是一种能力。习惯忘却、没有记忆能力的民族，便容易得过且过，暖风熏得游人醉，沉醉在现实的灯红酒绿中狂欢。

从这一点意义而言，格拉斯这个老头儿以他的新书和行为提醒我们，面对历史，首先需要直面回忆。在这本《剥洋葱》的第一章"层层叠叠洋葱皮"里，他就直言说道："回忆像孩子一样，也爱玩捉迷藏的游戏。它会躲藏起来。它爱献媚奉承，爱梳妆打扮，而且常常并非迫不得已。"然后，他以剥洋葱作为比喻，以一个过来人的角度告诉我们，直面真实而真诚的回忆，并不是一件简单容易的事情："第一层洋葱皮干巴巴的，一碰就沙沙作响。下面一层刚剥开，便露出湿漉漉的第三层，接着就是第四层第五层在窃窃私语，等待上场。每一层的洋葱皮都出汗似的渗出长时期回避的词语，外加花里胡哨的字符，似乎是一个故作神秘的人从儿时起，洋葱从发芽时起，就想要把自己变成密码。"

除了要唤回记忆，我们每个人都还需要正视和负责，因为那曾经是我们共同的一段历史。只有有勇气担当起这份责任，才有可能对付已经磨出老茧的司空见惯的遗忘，因为责任的前提就是没有遗忘，而回忆的本质则是思想。

每个人对历史负责的方式是多样的，七十八岁的格拉斯今天的忏悔，和他以前所创作的《铁皮鼓》，以及对政治的评论、对历史的书写等许多作品，一起参与了对那段历史的揭露，他一直都在用自己的方式进行着反思和负责，他今天的回忆才是有思想的，有意义的。可以说，他前后的行为是一致的，是负责任的，十七岁时的失足，在他的心里一直都是一个痛苦的结，他一直都在试图解开这个结。他的这些努力，理应受到人们的尊重。

可以试问，多一个缺乏思考而仅仅承认自己当年是党卫军的人(尽管早些)，和多一个写出过《铁皮鼓》这样伟大作品的人（尽管晚些），哪一个更有意义、更重要呢？简单对历史的承认，无异于签字画押，它和融入思考的责任承担，毕竟是不一样的。因此，我们可以说，格拉斯今天迟到的承认，是他一生思考总结的一个有力的句号。面对这样的句号，德国人有理由谴责他来得晚了些，但在我们的心里却应该沉淀下一个沉甸甸的叹号或问号，来的时候还并不为晚。

重读托尔斯泰

　　三十多年前，找到一本好书太不容易，现在想想简直有些像天方夜谭，说起来孩子都有点不太相信。那时，我刚从北大荒插队回到北京，找到列夫·托尔斯泰一册《安娜·卡列尼娜》，真是爱不释手，当时边看边做了大量的笔记。前些日子，我们《小说选刊》的总编、评论家冯立三先生偶然之间在评价我国当代小说创作的时候，对我谈起了托尔斯泰的《安娜·卡列尼娜》，让我禁不住重读托尔斯泰，又翻出二十年前我的那个笔记本。

　　在这个笔记本中，我列下小说里这样一个人物关系的表格，那是我最初学习小说的笨法子——

　　　安娜　卡列宁　★夫妇
　　　杜丽　奥布朗斯基（安娜的哥哥）★夫妇

吉提（杜丽的妹妹，爱渥伦斯基）

列文（爱吉提）

渥伦斯基（爱安娜）

在这个笔记中，我还列了安娜与渥伦斯基、列文与吉提这样两条线的线索表格，自然也是我当时学习小说结构和情节发展变化的笨方法——

安娜对丈夫不满——和渥伦斯基一见钟情——受社会贵族打击——遭渥伦斯基冷遇——卧轨自杀

列文爱吉提，遭遇拒绝——吉提爱渥伦斯基被否定——吉提病重到国外养病——列文在乡间从奥布浪斯基处得知此消息——列文和吉提爱情成功

重新看这样两个表格，重温这部作品，贵族妇女安娜·卡列尼娜和她的丈夫卡列宁、情人渥伦斯基是一条爱情悲剧线，外省地主列文和贵族小姐吉提则是一条爱情喜剧线。两组线平行又有所交叉，构成交织在一起的三角关系网络。

如果托尔斯泰仅仅把这部作品如此写成了两组悲欢离合的爱情故事，纵使再有生花妙笔将其写得跌宕起伏、催人泪

下，也难称其伟大，和我们眼下流行的爱情小说和影视剧没有什么两样，不过是复杂的爱情故事而已。这部作品的伟大，具有经久不衰的力量，在于托尔斯泰敢于直面俄国1861年自上而下的农奴制改革时代，将自己的作品根植于那个时代，将两组爱情线融入那个时代的洪流之中，而不是只把爱情故事当成吸引人的噱头和唯一不二的法门。

在列文那一条线中，托尔斯泰勾勒出那个农奴制改革时代生产力急剧变化的广阔背景，描绘出在这场变革中的地主、农民、新兴资产者、商人阶层等各色人物形象。在安娜·卡列尼娜那一条线中，托尔斯泰则用他结实有力的笔，深入揭示了这场变革中生产力对生产关系的作用，让我深刻地看到动荡的变革时代带给人们思想、道德伦理以及价值观念的深刻变化，从而深切触摸到那个风云变幻的时代脉搏，并多侧面地再现那个时代。

托尔斯泰既没有回避那个时代，躲在象牙塔中品味个人的一角情感与艺术的天空；又没有仅仅描摹那个时代司空见惯的浅表层面的东西，如我们现在不少描写改革题材的作品一样只是困难琐事等材料的罗列堆砌，然后制造一个改革的对立面，最后被改革派战胜。这些作品也写改革派的情感，不过几乎是千篇一律的红颜知己，由于处于婚外，只能默默地支持，改革派虽然深爱着她，但必须战胜自己。托尔斯泰却把我们远远抛在后面，使自己的笔大开大合，让这两条爱情线平行发展又相互交织，抖擞得如同鱼一般既游于时代的江河中，又游于家庭的小溪里。

将小说写得好看，也许容易，但使小说同时具有时代深意而不那么轻飘飘，就不那么容易。将小说写得仅仅具有社论那样充沛的意义，也许也并不难，但同时将小说写得具有艺术魅力，写得读者爱看耐看，值得去思索回味，也不那么容易。托尔斯泰的伟大，就在于他能够在这两者游刃有余的有机结合当中使作品具有艺术的魅力。

无论从人物形象刻画、故事情节的跌宕，还是从悲喜剧艺术美学的运用、深刻思想内涵的挖掘等各方面来看，这部作品的伟大和经典性都是毋庸置疑的。如读《红楼梦》一样，仁者见仁，智者见智，爱看爱情的能从中看到爱情，爱读历史的能从中读到历史，爱品味哲学的能从中品味出哲学……作品被赋予了多义性。列宁高度评价托尔斯泰的作品："反映了一直到最深的底层都汹涌激荡的伟大的人民的海洋，既反映了它的一切弱点，也反映了它一切有力的方面"，并称赞托尔斯泰是俄国革命的一面镜子，是俄罗斯伟大的作家。他确实是当之无愧的。

重读托尔斯泰，面对我们所处的伟大变革时代，面对当今文坛，实在让人感慨。我们尚未出现《安娜·卡列尼娜》这样伟大的作品，我们自称或被别人廉价抛售的著名作家倒是到处都是。

走近乔伊斯

　　詹姆斯·乔伊斯的作品，似乎总离我们很遥远，《尤利西斯》仿佛是他扔给我们的一块坚硬难啃的大砖头，横在我们一般读者的面前，难以跨越，便容易和他隔开一道宽宽的河。

　　我以为要渡过这条河，并不是没有法子，这法子就是得需要找一座桥或一条船。在我看来，他的早期作品集《都柏林人》，就是这样一座桥、一条船，让我们并不隔膜地踏在这座桥上，坐在这条船上，比较轻松地过河去和他接近。

　　这部《都柏林人》，我们可以把它当作小说读，也可以把它当作散文读，在这里，文体不是主要的，带有亲历性的回忆和怀想，从童年到少年到青年几个人生重要时期的种种过渡时的各种感情、心理，乃至周围外部世界对心灵的冲击的细致入微的描摹，会让我们觉得乔伊斯的作品其实并不像评论界说得那么唬人，那么艰涩难懂，拒人于千里之外，而是那样的亲切，就像诉说他自己，也像诉说我们自己或我们身旁其他熟悉的人和事情一样，离我们是那样近，近得能让我们听得见他的呼吸和心跳。我们会觉得越是大师，其实越是平易近人的，唬人或吓人的，大概都是后来人们涂抹在他脸上的过重的油彩，把一个平常的人画成了戏台上的花脸。

《都柏林人》这部集子一共由十五个短篇组成，不敢说字字珠玑，却可说是篇篇精粹。我印象最深的是《偶遇》和《阿拉比》两篇，读它们时的感觉真是妙不可言。《偶遇》中那两个好不容易各攒了六个便士的小男孩，逃学过河跑到远远的郊外的田野上，偶然遇到一个衣衫褴褛性格怪异的老头儿，老头儿和他们谈诗、谈姑娘、谈国立学校凶恶的鞭子……谈得他们最后对这个怪老头儿充满恐惧，吓得落荒而逃。小男孩对单调学校生活的厌恶，对外界未知生活的好奇，突然出现的老头儿对童年寂寞的变异，美好的向往在瞬间被打破……——被乔伊斯平静自然而不露声色地叙述得那样熨帖，让人想起我们自己遥远的童年。

《阿拉比》写一个小男孩对一个姑娘悄悄的爱，写得真是惟妙惟肖。都从未去过的一个叫作阿拉比的集市，只不过因姑娘一次偶然提起而成为姑娘和小男孩共同的向往，也成为小说一个诗意的象征。最后好不容易小男孩在夜晚赶到了阿拉比，已经打烊的阿拉比却只给他留下一阵怅惘乃至恼怒，将一个小男孩情窦初开的心理写得极其出色。两篇作品，都写的是美好的向往在瞬间的破碎，一个是意外出现的老头儿，一个是阿拉比的意象，乔伊斯让我们看到他的人生足迹，他的情感心电图，也让我们看到如果作为小说，原来也是可以这样来写的，小说创作原来有着这样宽广多样性的可能。乔伊斯就是这样从《都柏林人》走到《尤利西斯》的，我们不会感到他的突兀和不可解。

据说，这部《都柏林人》当初投寄给二十多家出版社，都惨遭退稿，最后一家出版社好不容易同意出版了，又整整压了八个月。但沙子是埋不住金子的，《都柏林人》如今已经光芒四射。

我曾经在1984年买了一本上海译文出版社出版的《都柏林人》，这是初版本，当时只要八角四分钱。十六年过去，现在还会有这样便宜的乔伊斯吗？

花园像吊床一样接住星星

——读帕乌斯托夫斯基《一生的故事》

　　出于对帕乌斯托夫斯基的喜爱和信任，我买了他这一套六卷本的《一生的故事》（非琴译，河北教育出版社，2001年1月初版）。

　　这是帕乌斯托夫斯基的自传体小说。我想他之所以用小说的方式写成自传，大概主要原因是希望加强他一生的文学性，而不希望一生只是风干的带鱼般干巴巴地回顾。在这本他的自传里，虽然也是从小开始写起，写了众多的人物和情景，而且大多只是一些琐碎的事情。但读完之后，并没有一般自传的那种流水账的感觉，更没有那种自恋的色彩。也许，这就是帕乌斯托夫斯基区别他人之处。无论处理什么样的体裁，他注重文学性，特别是浓郁的诗意，几乎无处不在，扑面而来。

　　看他在这套书第一部"遥远的岁月"中的"菩提树开"一节，写到1904年契诃夫去世，他在乡间，送家人到莫斯科参加契诃夫的葬礼，一直送到火车站，他们特意跑到田野和森林里采了好多黄精、石竹、矢车菊和母菊，用一层层青苔包好，他说："我们深信，契诃夫准会喜欢它们。"火车黄昏时才开，他从火车站回到家里，天已经亮了，他走了整整一夜。那一年，帕乌斯托夫斯基才八岁。这种如花一样美好而善感的文学因子早就植入心里，不可能不弥散在书页之中。

　　"童年结束了。非常可惜，只有当我们成为大人的时候，我们才开始懂得童年的全部魅力。童年的一切都是另一个样子。我们用明亮而纯洁的目光观察世界，在我们的心中一切都似乎明亮得多。""太阳更为明亮，田野的芳香更为浓郁，雷声更响，雨水更为充沛，草叶长得更高。人的心胸更为开阔，痛苦更为尖锐，大地要神秘一千倍……"这是帕乌斯托夫斯基在这本书里说的话，童年是造就他文学的另一财富，正是敏感的童年赋予了他文学最初的营养和陶冶，他在写自传而重新回头审视自己童年的时候，才会感到童年的全部魅力，并用他的美妙之笔把它们一一书写了出来。

　　甘娜，那个因病早逝的小姑娘，他十六岁的堂表姐，被他写得那样美。他是用童年才会有的感情对甘娜说："等我长大了当了船员，一定要把你带到我的船上去。"甘娜开玩笑问他："带我到你的船上干吗，当厨娘？还是做洗衣女工？"他说："是我要娶你做我的妻子。"并向她发了誓。甘娜死后，他采一束母菊，仔细地用黑丝带扎起，放在她的坟前。他说："甘娜时常把这样的花编在辫子上。"他还说："妈妈打着红色的小阳伞站在我身旁，不知为什么我觉得很不好意思。"他把一个九岁的孩子的感情写得那样动人感人、诗意盎然，却干净利落、不动声色。

还有丽莎，那个流浪乐师的贫穷女儿，他和她之间的友情，写得是那样的动人。他常常到流浪乐师的住处，在警察驱赶走流浪乐师和他的女儿的前一天夜晚，他们请他吃了一顿晚饭，只有寒酸的黑面包、烤番茄和几块用粉红纸包着的不干净的硬糖。他很晚才告辞，丽莎一直送他到家门口，"分手时塞给我一块用粉红纸包着的黏糊糊的糖果，就很快跑下了楼梯。我好久下不了决心去拉门铃，害怕因为回来得太晚挨骂"。孩子之间纯真的友情，被他写得多么温馨而曼妙，纯净而透明。

帕乌斯托夫斯基极其注重景色的描写，他以为那是俄罗斯这块土地给予他的财富。他善于运用它来抒发感情。不是我们所说的那种惯常的写景来衬托心情，而是融化在他全部的情感和文字当中，成为他这部自传中不能剔除的重要内容和角色之一。

我喜欢帕乌斯托夫斯基这样的文笔。

他写他在树林里看星星："夜里树梢仿佛消失在空中，如果起了风，星星宛如萤火虫在树枝间飞来飞去。"

他写他在外祖母家看花："那时候我好像觉得花就是活生生的人。木樨草是一位穿着打了补丁的灰衣服的穷姑娘，只有奇妙的香味暴露了她童话般的出身。"三色堇好像在开假面舞会，"是一些穿着色彩缤纷的舞衣的舞女——一会儿穿蓝色的，一会儿穿淡紫色的，一会儿又穿黄色的衣服"。

在写那个流浪乐师的女儿丽莎和他分手的时候，他写了这样一大段夜晚景色："高空中第一颗星星亮起来了。秋天的华丽的花园默默地等待着夜晚，他们知道，星星是一定会落到地上，花园将用自己像吊床一样的浓密的叶丛接住这些星星，然后再那样小心翼翼地把它们放在地上，城里谁也不会因此惊醒，甚至都不会知道这样的事情。"

他不是渲染男女的离情别绪，而用这样美丽得如诗如画的景色，将一对孩子的分别写得如诗如画。在他的这部浩浩六卷的长篇自传中，他都没有渲染那些东西，或致力描写离奇怪异的东西，而是写那些美的东西。他不愿意把自己的笔弄脏，因为他知道笔弄脏了，所写的东西就都脏了。

原来自传或传记也可以这样来写。而不仅仅是市面上流行的名人或明星的隐私的露点、隐情的咀嚼、亲情的煽情，或小题大做的浓妆艳抹，或些许小事水发海带一样的膨胀，或过五关斩六将经历的表扬和自我表扬，然后，配以挑选和剪裁过后容光焕发的个人照片……

当然，那样的写法，也许广有读者，但书的写法和读法是需要一点品位的，这样的品位，需要培养，而这样的培养，需要如帕乌斯托夫斯基一样从童年开始才行。否则，我们只会认识周迅，而不认识鲁迅，我们只会吃点心买铂金，而不会结识冰心和巴金。我们便也只会从家具城买回席梦思软床，以肉体在上面抒情，而怎么也不会想出把花园做成一张吊床，去接住那些从夜空中掉下来的星星。

植物中的莎士比亚

——《植物的欲望》读后

我从小就喜欢植物，一直认为大自然中唯有植物对于人最不具侵略性，而且是世界上最具有美感的尤物，并能够为人类所用。我读初中时，曾经记下满满一本的植物笔记，把我从北京各个公园所见到的植物，一一记了下来。所以，当我知道了美国迈克尔·波伦所著的《植物的欲望》一书后，早早找来，先睹为快。

《植物的欲望》（王毅译，上海人民出版社，2003年），是一本有意思的书。这本书主要从人类文化学这个角度来谈植物，和专业的生物学家不尽相同，他似乎有意走到植物和人类的对立面做文章，即站在植物的立场上写人，站在人的角度写植物，既写了植物的社会史，也写了人类的自然史。因此，所谓植物的欲望，实际也就是人类的欲望，两者互为镜像。

　　迈克尔·波伦是个美国生物学家，他的文笔非常好，谈得也非常生动，不仅讲了植物进化的历史，也讲述了许多植物和人类历史有关联的鲜为人知的故事，不像一般学术著作那样深奥而高不可攀，非常好读，并且引人入胜，给人增加了很多植物学的知识之外，还探索了人类的欲望和植物的欲望相互的关系：人类在不断驯服、改变植物的过程中，植物也反过来引诱、挑逗人类，改造着人类。这些都被他描摹和论述得那样拟人化，新颖别致，又令人信服，引人遐想，让植物的欲望不仅仅是修辞，而成为人类存活的一个有机而不可缺少的组成部分。迈克尔·波伦在这本书中说："花的背后有一个帝国价值的历史，花的形状和颜色以及香气，它的那些基因，都承载着人们在时间长河中的观念和欲望的反映。"这便是这本书的主题。

　　非常有趣，迈克尔·波伦选择了苹果、郁金香、大麻和马铃薯，这四种植物界被驯化的品种。这是他精心的选择，因为这四种中一种代表水果，一种代表花卉，一种代表药物植物，一种则是西方人主要的食物。它们分别对应着我们人类才会具有的甜、美、陶醉和控制这四种欲望或追求。

　　难道苹果也能够和人一样懂得自己的欲望是甜吗？同样，

郁金香的美丽、大麻的陶醉、马铃薯的控制，其实也都属于我们人类自己的而已。植物的进化，有自然的选择作用，也有人类的驯化作用。不过，人类在驯化了它们的同时，也被它们改造了自己的许多方面，乃至观念和价值。迈克尔·波伦甚至说："马铃薯改进了欧洲的历史进程，大麻帮助了西方的浪漫革命，郁金香的花瓣逮住了奥斯曼帝国时期土耳其人的目光，苹果则帮助美国最初的发展，把它的荒原变成丰饶的伊甸园。"迈克尔·波伦认为植物具有人一样的情感，同样人类也具有植物的属性，我想这大概就是我们所说的物我一体吧？所以，迈克尔·波伦有些得意扬扬地说，植物中经典的花，比如郁金香、百合、兰花，就是植物界的莎士比亚、密尔顿和托尔斯泰。

有意思就有意思在这儿，似乎还没有人这样向我们论述或描述植物世界里这些有趣的事情，并把它们和人类有意进行如此的比附和对应。

来看看迈克尔·波伦对苹果的叙述，吸引我一下子跌进了他设置的苹果林，那样的曼妙神奇。苹果是大众化的水果之一，世界上产量最高的水果，第一是香蕉，第二就是苹果。他引用美国十九世纪著名的牧师亨利·沃德·比彻尔曾经说过的话，首先告诉我们苹果是最民主化的水果："不管是被忽视，被虐待，被放弃，它都能够自己管自己，能够硕果累累。"

由于葡萄酒败坏了天主教的风气，名不见经传的大众化的苹果才被从水果界的芸芸众生中推出而逐渐受到追捧。追捧最甚的是美国，美国人对苹果情有独钟，在他们国土刚刚开发的时候，是苹果帮助他们将荒原改造成家园。美国有名的民间英雄"苹果佬约翰尼"，就是用一生四十年时光，将苹果树的种子播撒在俄亥俄州的荒野上的。迈克尔·波伦极其富有感情地形容苹果种子：从苹果中间切开，有五个小室，排列成非常对称形的星放射状的五角星，每一个都有一枚或两枚摩纳哥种子，"油亮的深褐色，就像一个细木匠细细地打磨过一样，上了油一样"。它具有"可以随遇而安地生在任何非常不同地方的"杂合性，而且含有少量的氰化物，可避免动物的噬咬，可以保护自己。这些种子极其苦涩，可苹果却格外地甜。而在十八世纪的美国，糖还是稀罕物，加勒比海的甘蔗对于美国来说还是奢侈品。苹果的甜便越发至尊至上，在美国，那时代里提到甜，指的就是苹果，苹果成为甜的同义词。英国作家斯威夫特把甜和光明称作两件最高贵的事情，迈克尔·波伦指出甜能够给人提供快乐，或满足人的欲望。历史中苹果的作用，便成为提供快乐和满足欲望的"一个微微闪亮的同值标记", 是何等的不可一世和无可取代。

如今的美国, 成为苹果产量最高的国家。据统计, 世界每年苹果的产量有几千万吨, 美国占了世界的将近四分之一。苹果成为美国脱贫致富的帮手和骄傲, 苹果的历史, 竟然有着美国的历史, 迈克尔·波伦的描述, 引人入胜, 简直如惊堂木一拍, 神奇得有些像在说评书。

迈克尔·波伦还讲述了许多有趣的事情。比如说我们现在相当熟悉的蛇果, 它们是美国向世界出口最多的苹果。他告诉我们, 这是当年在依阿华培养出的新品种, 1893年在密苏里路易安纳的一次比赛中, 获得了头奖而被命名为蛇果的, 蛇果英文意思是"美味", 因为那时的蛇果"甜得没有了方向"。至今在依阿华农场的苹果树林中, 还能够找到当年第一次结出如此"甜得没有了方向"的那棵老苹果树, 在这棵老树的旁边, 为它立有一块花岗岩的纪念碑。我们能够想象得出吗? 在我们这里, 能见到为一棵苹果树立碑的离奇事情吗?

在"苹果"一章里, 迈克尔·波伦还特意列举了这样一件事, 苏联生物学家、列宁农业科学院院长尼古拉·伊万诺维奇·瓦维洛夫早在1922年就发现了哈萨克斯坦阿拉木图一带的野生苹果树林, 为了研究苹果的遗传基因多样性, 他要求保护这片在世界范围内少见的野生苹果树林，却成为斯大林时代对遗传学大批判的牺牲品，先是被关进监狱，后被折磨死在集中营。为了苹果，还有比他付出更惨重代价的人吗？

波伦接着说，1989年，瓦维洛夫的学生、如今八十岁高龄的生物学家艾玛卡·迪杰高里夫邀请一批科学家来看阿拉木图那片野生苹果树林，希望他们能够帮助他挽救它，"因为一个房地产开发的热潮正从阿拉木图向周边的丘陵地带扩散开来"。

苹果的欲望，曾经带给我们"甜得没有了方向"的甜，提高我们的快乐，满足了我们的欲望，却也和我们一样历经沧桑。一部植物的历史怎么不可以也是我们人类自己的历史？

迈克尔·波伦在这本书的引言中就说过："我希望你合上书时，外面的事情（以及里面的事情）会看起来有所不同了。这样，当你看到路对面的一棵苹果树或者是桌子那边的郁金香时，它们不再显得那样与众不同，那样'另类'了。换个角度，将这些植物视为与我们的一种亲密互惠关系中的合作者，意味着有所不同地看待我们自己：把我们自己也视为其他物种的设计和欲望的对象。"是的，读完这本书，我们可以感到这样有所不同的效果，人可以是植物中的一种，而植物确实有我们人的影子。

门罗的叙事策略

我读门罗的小说，觉得她晚年的《幸福过了头》一集最佳。她早期的小说，叙事有些絮絮叨叨。晚年的小说，虽然达不到"庾信文章老更成"的地步，却炉火纯青。况且，门罗小说本来也不是如她本人瘦小枯干的那种清癯风格，而是铺铺展展得极其丰腴而汁水饱满。

《幸福过了头》中有一篇《纯属虚构》，是非常有意思的一篇，特别能说明她晚年的小说风格。如果说小说需要故事与情节，那么，这篇小说的故事与情节非常简单明了：因伊迪的加入，音乐教师乔伊丝和木匠乔恩离婚。多年之后，乔伊丝再婚，在丈夫六十五岁生日聚会中见到一个黑衣女子克里斯蒂，是位刚刚出版了第一本书的作家。几天后，乔伊丝买到这本书，看到其中一篇名为《亡儿之歌》的小说，看出了克里斯蒂是自己曾经教过的学生，也是前夫所娶的妻子伊迪的女儿。当时，乔伊丝利用克里斯蒂对自己的天真无邪的爱，编造谎言刺探她的母亲和自己的丈夫的相恋。最后，在克里斯蒂为读者签名仪式上，乔伊丝特意买了当年曾经对克里斯蒂讲过的巧克力百合，送给克里斯蒂并请她为自己签名的时候，克里斯蒂根本没有想起巧克力百合，也没有认出乔伊丝来。

这是这篇小说的骨架。门罗的小说，骨架不是其下力的地方，她一般爱将琐碎的事情、细节和心情，穿插在这样线性的时间顺序里。这是门罗的叙事策略。她有意将骨架打碎，将情节淡化，将艺术化的故事还原为生活常态。这和我们的小说叙事策略不大相同，我们的小说一般更注重情节和故事本身，尤其受影视影响，情节成为构成并进入小说的不二法门。读我们的小说，一般比较好读，因为有情节为主线牵引，会如一道水流沿河道流淌而来，顺风顺水，不会出现太多阅读障碍。读门罗的小说，一般至少需要读两遍，只有读到结尾回过头来再读一遍时，才会发现第一遍读到的那些不起眼不经意的事情和细节，是那样不可或缺的重要，是那样的回环连成一体的气脉贯通。

这篇《纯属虚构》中，占小说三分之一篇幅的第一节，细致而顽强地叙述乔伊丝离婚前后的种种生活情景与细节，我们才会感到并不显多。一直到这一节结束，乔伊丝精心准备的学生表演晚会，因她让伊迪的女儿作为独奏演员，同时她猜准了伊迪和乔恩一定要来看演出。但是，他们没有来。这样几乎不动声色只是挂角一将的结尾，对于后面克里斯蒂和她小说的出现，是多么的重要。而在第二节中，门罗用带有诗意抒情的笔调叙述乔伊丝带领着童年的克里斯蒂，开车送她回家，给她买冰激凌，看河中蓝色的小船，告诉她森林里各种野花，包括巧克力百合……这一切，在小说收尾时才会感到韵味和力量。

当然，如果小说仅仅止步于对乔伊丝利用孩子的天真之爱而编造的谎言对孩子的伤害的谴责与和解，那样的话，和我们一般小说的叙述策略没有什么两样。我们的小说注重情节的浓缩集中与主题的单一明确。《纯属虚构》中，门罗借克里斯蒂之口说道："她不认为那只是个骗局，她想到她勤奋学习过的音乐，还有她缥缈的希望，间或得到的快乐，那些她从来没有机会亲眼见到的森林野花，以及它们奇异欢快的名字。""爱，她感到了快乐。在这个世界上，感情部分的内部谐调，一定是有些偶然性的，当然不可能公平，一个人巨大的快乐，会来自于另一个人巨大的悲伤。尽管，巨大的快乐都是短时的，脆弱的。"门罗小说的包容性、延展性和多义性，让小说耐读，拉开了和我们的小说创作的距离。

这种距离，来自对生活的理解和认知。在这里，我看到，门罗竭力让小说从情节束缚中还原生活常态的目的，不是消解艺术，而是让小说的艺术有别于常规与流行的小说，让小说不要沦为时代背景、历史事件和生死命运、道德言说的"大"说，而真正成为深入人生况味与人物内心的"小"说。

这篇小说的名字很有意思，《纯属虚构》，其虚构指向谁？是乔伊丝故事自身？还是克里斯蒂的小说《亡儿之歌》？抑或是结尾克里斯蒂没有认出巧克力百合和乔伊丝？这篇小说中，只有一处写到虚构："现在，有一个作家将她丑陋的谎言与她已经驱逐出生活之外的人物与境遇嫁接，告诉了大家。她懒得虚构，却不是出于恶意。"门罗有意混淆虚构和生活，也可以说是门罗有意打破虚构与生活的旋转门。明白了这一点，野花巧克力百合，小说名《亡儿之歌》，才有了隐喻的色彩（在小说中，门罗特别指出马勒名曲《亡儿之歌》和克里斯蒂天真童年的一去不返的一箭双雕之意）。乔伊丝前后两任丈夫人生中都是三段婚姻的暗合，修长的大腿、纤细的腰身、乌丝般润滑的麻花辫、音乐的才华、全班智商第二，和矮个子、文身、酗酒、头脑笨拙，还有私生女的对比，才有了小说内在的理性和感性的衔接，才有了门罗强调的"日常的不幸"的意义。这也是门罗叙事策略的意义。

一书犹望及生前

——重读奥兹

听到奥兹病逝的消息，我正在读译林出版社的朋友新寄来的他的短篇小说集《朋友之间》。一个人，和一个素不相识的作家的缘分，往往这样的奇怪。在一个陌生的角落里，读一位心仪作家的书，这位作家正在另一个陌生的角落里，根本不知道你在读他的书，但是你们已经在书中相会并熟知。这便是文字独有的神奇，所谓"身无彩凤双飞翼，心有灵犀一点通"。

就我个人而言，我更喜欢奥兹的短篇小说。对比他的长篇小说《爱与黑暗的故事》，他的短篇小说写得更有节制而精悍。因为刚刚听到奥兹逝世的消息，放下这本《朋友之间》，去找他的另一本短篇小说集《乡村生活图景》。如今图书出版几近泛滥，我没有保留旧书的习惯，属于狗熊掰棒子，读一本扔一本，为了让家里拥挤不堪的书房清爽一些。但是，奥兹的这本《乡村生活图景》，我保留了下来。那是我一年多前读过的书，书页间，有我随手记录的读书笔记。

重新翻看这本旧书，为的是找到和奥兹相遇的经历，仿佛在回忆和一位逝世的旧友过去的交往一样，雪泥鸿爪，便也尽含情意。尽管我根本不认识奥兹。

这是我读的奥兹的第二本书，第一本是他的《爱与黑暗的故事》。但是，说实话，我没有读完，不完全是因为他过于琐碎，写得太长了，而是我已经没有了耐心。读《乡村生活图景》不一样，以色列特里宜兰那么一个小的乡村，那么一个个的小人物，被他写得那么的耐人寻味。波澜不惊的生活图景背后，被他揭示出那么多荡人心弦的曲衷和秘密。好的文学作品，总应该是这样从心灵到心灵，让陌生人之间产生共鸣，从而感到彼此并不陌生，感觉这个世界并不大，处处都有着惊人的相似之处。

同样作为短篇小说，和奥兹的前辈俄罗斯的契诃夫相比，奥兹更具有现代性；和奥兹的同辈加拿大的门罗相比，奥兹写得更为干净，没有那么多的旁枝横逸和复杂交织，也没有那么多的巧合。契诃夫的有些短篇小说，更像是小品；门罗的很多短篇小说，更像中篇。每个人的审美取向和爱好不尽相同，奥兹的短篇小说，更符合我理想中的短篇小说。

找到《乡村生活图景》，重新翻看《亲属》。因为，一年多之前，第一次看这本书，先看的就是这篇小说，算是第一次和奥兹有了真正的握手交谈，看清了一些他的眉眼，听到了他说话的声音和呼吸的节奏。这便是我为什么重读这一篇小说的心理原因。仿佛找到一个旧相识的老照片，那上面，不仅有他，还有我自己的身影，而且是我们的第一次合影。逝去的日子，逝去的人，便一起复活。

这是一篇书写亲情的小说。如果仅仅是亲情，也没有多大意思，写的人多了。奥兹的与众不同之处，在于描写的是亲姐妹想要维系亲情，却恰恰失去了亲情并生出了无比的隔膜，两个人都极其孤独，而且是无法排遣的孤独。亲情，便不再只是我们惯常见到的那种煽情的儿女情长、婆婆妈妈、琐碎腻人，而有了更多的人生况味和内心无可言说的苦楚。

姐妹之间的隔膜，妹妹对于姐姐的这个孩子割舍不掉的亲情，这些属于叙事的内容，融入早春二月那个夜晚妹妹接外甥时的回忆中。这种以一个接人的外壳包裹回忆的写法，并不新鲜。但是，奥兹却将现在进行时态的接人和过去时态的回忆，穿插交织得那样干净而妥帖，毫不烦琐啰唆。奥兹没有将回忆完全作为往事单摆浮搁，没有进行流水账式的叙述，也没有将接人写得只是接人那样单线条的单薄干枯。回忆中的玩具熊、跳棋、诗集和明信片的细节，帮助他将回忆删繁就简而呈现出富有棱角的画面，将单纯的叙述变成了文学化的描写。接人中的大衣和树枝的横空出现，则帮助他将本来平淡无奇的情节变得自然起伏跌宕，让只是一场接人的寻常生活场景和人物心情，变得姿态摇曳。

最后，外甥没有接到，女主人公精心为之准备的烤鱼和土豆，她自己热了热，但是没有吃，而是倒进垃圾桶。她无声地哭泣起来，两三分钟后，她把给外甥准备好的已放到床头的那个破旧的玩具熊埋进抽屉里（"埋"字翻译得真好，不是放进，而是不忍心再看见）。回忆和现实，有了细致入微的呼应。小说最后一句："半夜时分，她脱衣睡觉。特里宜兰开始下雨。雨下了整整一夜。"不尽的余味缭绕，弥散在小说之外。

重读这篇小说，还是让我感动，觉得奥兹写得那样的好。

我一直认为，想念、热爱或纪念一位作家，最好的方式，就是读他的作品。这是你和他或她相会的最佳路径。前辈沈祖棻教授有这样一联诗："漫说百书输一面，一书犹望及生前。"我这样理解，百书指书信，而后一个书，我则认为是著作。读已故作家的书，就像看到他生前的样子了。

谨以此短文纪念奥兹。

卷
三

书边拾穗

好的语言带动着心情和感情、带
动着人物和情节，一起共舞，浑
然共通。

铁木为什么只有前传

——孙犁先生逝世十年纪念

对于二十世纪五十年代的中国文学而言，孙犁先生的《铁木前传》，无疑是一朵奇葩。那个时代，在以农村合作化为主题的文学作品中，《铁木前传》凸显的异质性，使其成为凤毛麟角。有一个问题，一直困惑着人们：为什么只有前传而没有后传呢？

孙犁先生在世时，回答这个问题时说，在写作《铁木前传》第十九章时跌了一跤，然后大病了两三年，便匆匆写了第二十章，草草收兵而无以为继。事情恐怕不那么简单。在孙犁先生逝世十周年的日子里，我重读《铁木前传》，试图从文本出发，寻觅这一秘密的蛛丝马迹。

读这部小说，如同剥笋，最外面一层是农村合作化，中间一层是时代巨大变迁中友情和爱情的失落，最内一层是人际关系的变化和人性的触及。显然，最外面一层只是包饺子的皮，馅儿都在里面。最有意思的是，小说后面，主人公铁、木二匠，尤其是铁匠已从主角的位置退后，而后出场的满儿成为主角。满儿也成为整部小说最出彩的人物。这种小说重心的位移，是孙犁先生有意还是无意为之，或是原来计划尚有后传而有新的情节铺设？我以为这是解读小说并揭示小说为何只有前传的关键。

　　尽管小说中，不止一次用了"放荡"一词说满儿，也有"胸部时时磨贴在干部脸上"和六儿逮住鸽子让鸽子亲嘴配对的轻佻细节，但在具体的描摹中，可以看出作者对满儿是充满同情的。孙犁先生为满儿设置的前史：一是孤儿；二是寄生的家庭包娼涉赌，母亲和姐姐都不检点；三是婚姻包办。也就是说，满儿身上既有毛病，心里也有苦闷，并非单一平面化。所以，才有了这样的描写："她脸上的表情是纯洁的，眼睛是天真的，在她的身上看不到一点邪恶。"也才有了她平常不爱开会，却主动参加宣传婚姻法的学习的描写。乃至有了和姐姐吵架之后独自跑到村西的大沙岗，看到一株小桃树被风沙压倒在地，她刨土把树扶正，然后掩面啼哭，那种顾影自怜明显带有象征意味的场景。

最精彩的是小说第十七章，满儿与干部参加学习会，成为小说的华彩乐章。从开始的明显不高兴，到磨磨蹭蹭做饭，趁机逃跑不成，到转被动为主动，一路上作弄干部，一直到了庙中的高潮，写得一唱三叠，摇曳生姿。在庙中，是满儿咏叹调的独唱。她唱了两段发自内心深处的自白：一是庙会期间的夜间，青年男女像鸟儿一样自由自在地从麦地里飞进飞出；一是抗战时游击队在庙的大殿里狙击敌人，尼姑送子弹，后来她们都还了俗，有一个最漂亮的尼姑嫁给了村副主任的儿子。然后，她感叹道："那么热闹的时候，我没有赶上。"两段唱段的主题一致，即恋爱自由和婚姻美满。以致最后她说到有一个尼姑恋爱不自由吊死在庙里的时候，"脸色苍白，眼睛向上翻着，说着听不明白的话，眼睛流出泪来"。她几乎扑倒在干部的怀里，大声地喊叫："我看见了她！我看见了她！"如此，将唱段在最高处收尾，麦地里的青年男女——庙里送子弹的尼姑——吊死的尼姑，呈递进关系，其内心的痛楚，便不是"放荡"一词可以囊括的了。

在满儿身上，明显集中了孙犁先生的"同情"之心。实际上，孙犁先生十六岁发表的第一篇小说（写一家盲人的不幸），便寄予了同情，他谈及此事说过："我的作品，从同情和怜悯开始，这是值得自己纪念的。"在谈到《铁木前传》的写作时，孙犁先生特别谈到了真诚，认为这是现实主义的特点之一，同时，他还特意强调"真正的现实主义"。提及"同情"和"真诚"这两点很重要。孙犁先生最初接触现实主义文学，是读了叶圣陶先生的小说集《隔膜》之后。叶圣陶先生在当时主张的恰恰是"同情"和"真诚"，1921年出版的《文艺谈》一书中，他认为这两点"是作家应该培养起来的品质"。根据这一原则，他分为"诚的文学"和"不诚的文学"，指出要做"真的文艺"。叶圣陶坚持的这种现实主义的创作伦理，也是孙犁先生一以贯之的。因此，我们才会发现为何在当时有关农村合作化的写作中，独孙犁先生的笔下没有那样意念在先吞吐时代风云的人物，而将同情的笔墨倾注于满儿这样的边缘人物上。"同情"和"真诚"这两点朴素的创作底线，便也成为孙犁先生美学追求的防线，他不愿意将简单的配合宣传的功利主义，凌驾于自己的美学追求。他明确地表示过："那种所谓紧跟政治，赶浪头的写法，是写不出好作品的。"

正是因为满儿的出现，加剧了孙犁先生当时文学创作的困惑与犹豫之情。因为小说中的主人公铁、木二匠尤其是倾注更多笔墨的木匠，同满儿一样也不是吞吐时代风云的主人公。也就是说，同样不是属于描写合作化的新人物。木匠梦想打造一挂堂皇的马车的现实和必将遭遇的风波，让木匠成为老舍《骆驼祥子》里的祥子和柳青《创业史》里梁三老汉的集合体。那么，满儿这一形象则是五四文学娜拉和延安时期文学改造二流子的矛盾体。这样的人物性格与人性发展，本身潜在的矛盾，在农村剧烈变革期中的纠葛，便会显得越发地难以处理。因为这是在当时文学人物谱系中没有的，便会在当时讲究革命现实主义的文学语境中难以伸展，甚至遭受厄运。因为在以往形成定式的经典模式的叙述和描写中，满儿以青春和人性质疑并还原生活的内在矛盾，其人物塑造的修辞方式将面临挑战。既然无力补天，又无意追风逐浪，不能去做当时李准《不能走那条路》一样观念性的直白呼喊，那么，索性戛然而止，也是一种写作姿态的选择。

同时，孙犁先生也无法做到如柳青一样，因为《创业史》中的主人公梁生宝是位没有前史（因是孤儿）的横空出世的英雄人物。无论满儿还是铁、木二匠，都是有着丰富前史的人，都有一个从旧农民蜕变为新农民的问题。无论铁、木二匠的友情，还是满儿和九儿的爱情与婚姻，那种委婉有致的失落、怅惘与追求，都不是如梁生宝一样可以甫一出现即可瞬间缔造完成，而是要从前史到前传，再到后传，有一条漫长的时间延续的磨砺，才能彻底舒展开来的。这种时间性带给小说人物并带给孙犁先生自己的焦虑与担忧，在1956年写作《铁木前传》之后的时间点上凝聚并加剧，让他会觉得仅凭"同情"和"真诚"而于事无补。而让他违心地巧置新人（小说中的四儿和后面的九儿都不如满儿精彩），或者强化和改建主题意义的框架，为其后传化险为夷，他显然又不愿意。

　　孙犁先生曾说："我的胆子不是那么大。我写文章是兢兢业业的，怕犯错误。"这是实在的话。同时，他又强调作家的"赤子之心"，说："把这种心丢了，就是妄人，说谎的人。"我以为，这两段话，可以作为孙犁先生不愿意和不可能为《铁木前传》作续的心理注脚。孙犁先生还说过："过去强调运动，既然是运动，就难免有主观，有夸张，有虚假。作者如果没有客观冷静的头脑，不做实际观察的努力，是很难写得真实，因此也就更谈不上什么艺术。"这段话可作为创作思想的注脚。铁木只有前传，便是再自然不过的事情了。因为，《铁木前传》发表之后，反右等斗争接踵而至，对于孙犁先生，便只有一再感喟《铁木前传》是让自己"几乎丧生"的"不祥之物"的份儿了。

　　《铁木前传》中，还有一个特别现象，便是在这部第三人称的小说中，只有前两章中出现了第二人称的插语。然后，便是最后第二十章第二人称的匆匆结语。那么，这个已经在前两章中连续出现的第二人称，为什么会在中间十七个漫长的章节中消失？是无意的消失，还是有意的延宕，为了以后的灵光再现？这个现象，或许有助于解读《铁木前传》为什么只有前传之谜。

第一章，出现在孩子们看铁匠打铁之后："如果不是父母亲来叫，孩子们会一直在这里观赏的，他们不知道，到底要看出什么道理来？是看到把一只门吊儿打好吗？是看到把一个套环接上吗？童年啊，在默默注视里，你们想念的，究竟是一种什么境界？"

第二章，出现在六儿和九儿玩失一只田鼠躲在碾坊里，六儿睡着后："童年的种种回忆，将长久占据人们的心，就当你一旦居住在摩天大楼里，在这碾坊里一个下午的景象，还是会时常涌现在你沉思的眼前吧？"

这两段，都是以童年为视角的回忆。谈到《铁木前传》这部小说，孙犁先生首先强调自己"童年的回忆"的作用。"童年的回忆"至关重要，它不仅使得这部小说在当时的时代主题以个人叙事的修辞策略变体来进行，而且，童年回忆将作用于当时现实的生活，个人情感的变化与失落，与童年时光的流逝，使得小说有了因流动的时间感而带来沉浮的命运感，而不仅仅是合作化的时代感。

那么，问题是谁在回忆？回忆的意义是什么？显然，不是铁、木二匠的回忆，因为回忆中有对铁、木二匠诉说的影子。也不是作者的回忆，虽然前面出现了一次"我"突兀地介入。最有资格和能力回忆的，是九儿。因为最美好的童年，是她哀伤的失去。如果这样的推断可以成立，那么小说后面的主角应该是九儿。但是，主角的位置无可奈何地偏移到了满儿的身上，回忆的视角便中断了。而如何处理满儿在跟随六儿赶着大车外出后的跌宕命运，又如何处理九儿与父亲和四儿一起入社后的新生活，显然，孙犁先生显得有些犹豫，甚至莫衷一是。特别是前者，如果处理成和《创业史》里郭世富、郭振山一样发财致富而对入社彷徨甚至抵触的话，便流俗，鲜活的满儿这个人物的走向，更难以为继。

因此，第二人称在后面十七章的中断，便不是偶然的，同样可以看出孙犁先生在《铁木前传》越往后的写作中，越显得困难和困惑。最后一章，勉强拾起第二人称，并不是为了和前两章的呼应，而显得勉为其难，说得有些大。前传到此戛然而止，便也是命中注定。这是孙犁先生的宿命，也是中国当代学史中的宿命。

记得孙犁先生逝世时，我曾经说对先生最好的纪念方式，莫过于老老实实认真读他的书。谨以此文，纪念孙犁先生逝世十周年。

孙犁先生百年祭

——重读《曲终集》

孙犁先生诞辰一百周年的日子里，重读孙犁先生最后一部著作《曲终集》。"曲不终，而人已不见；或曲已终，而仍见人。此非人事所能，乃天命也。"在这本书的后记中，先生如是说。和四年前写文集续编序时说"晚年文字，已如远山之爱"，颇不一样。

这本书中，所录为1990年至1995年的文字。是孙犁先生七十七岁至八十二岁假笔转心的神清思澈之作。限于篇幅，我只谈书中关于传统意义的散文部分。这部分，只占全书的八分之一左右，但我以为更容易看出先生前后思想和情感，以及文体的前后衔接与变化。

这样的文章，包括记人与叙事两种。记人，如《记陈肇》

《悼康濯》《记秀容》《寄光耀》等文坛故旧，基本延续了以往的风格，依然弥漫着"旧交只有青山在"的浓郁情感。《新春怀旧》中的《东宁姨母》，《暑期杂记》中的《胡家后代》，几篇记述乡亲的，意味却有所不同。

中华人民共和国成立以前，孙犁的姨母随丈夫闯关东后，积攒一些钱寄回家乡，孙家帮助代买了几亩地，并代为耕种。中华人民共和国成立后，姨母的孩子看到了孙犁先生的小说，告知姨母，全家都很高兴。恢复工资，老伴儿去世，孤独苦闷，思念远亲，孙犁先生给姨母的孩子寄去三十元钱，"想换回些同情和安慰"。谁料到，烧香引出鬼，这位叫作志田的表哥"来了封信，问起他家那几亩地，有些和我算账的意思"。从此，孙犁先生再也没有给这位表哥写过信。

中华人民共和国成立以前，孙犁先生和母亲曾经在安国县干娘胡家借住过，认得胡家长子志贤和他的女儿俊乔。中华人民共和国刚成立的时候，志贤到天津找过孙犁先生，并告之俊乔正在天津护士学校读书。但是，俊乔一直没有找过孙犁先生。1952年冬，孙犁先生到安国下乡，买了点心去看望胡家，还给土改后生活已经很困难的胡家留下一点钱。四十年后，"有人敲门，是一位老年妇女。进屋坐下之后，自报姓名胡俊乔，我惊喜地站起来，上前紧紧拉住她的手"。叙旧之后，方知她是来托孙犁先生办事的。但是，这样的事，让"和任何有权的人都没有来往"的孙犁先生很为难，也为无法帮助乡亲而感到很是遗憾。

这两篇写乡里的文章很短，却都横跨了中华人民共和国成立前后，以及现在这样三个时空，融进了时代的变迁、世事的沧桑和人生的况味。胡家小妹和志田表哥，和孙犁先生以往写作中那些战争年代里荷花淀里的乡亲，完全不一样了。那种在艰苦中依然清纯的形象，恍若隔世。无论胡家小妹为生活所迫找上门来，还是志田表哥在金钱时代只认钱了，都和孙犁先生前期笔下的荷花淀人物，乃至后期怀念那些逝去的文坛故旧，形象都大不一样，颇有些鲁迅故乡人物的影子。其写作的心境也大不一样，甚至让孙犁先生心情沉重。

在这本书的另一篇文章中，孙犁先生写过这样的一段话："我不愿意重会多年不见的朋友，还有一个原因，就是相互之间的隔膜和不了解。人家以为我参加工作早，老干部，生活条件一定如何好，办法一定如何多。其实完全不是那么回事，一见面会使老朋友失望，甚至伤心。"我以为，这是晚年孙犁先生的重要心境，是他倾情读书观画、读帖习字的重要心理背景，也是他对于人生和世事新认知与解读的时代背景。

同时，我们也就愈发明白，为什么孙犁先生晚年一再感喟故园的消失。在《曲终集》中，有关叙事的文字，重要的一篇便是《故园的消失》。写老家的三家老屋的命运，几十年风雨飘摇，万幸的是依然健在，成为家乡的一个念想，一个象征。这时候，村支书带着几个人来到孙犁先生家，期待的是捐资建个小学校。老屋一下子被推到了主角的位置上。孙犁先生开门见山对来者说："村里传说我有多少钱，那都是猜想。"然后，随手拿出一本新出版的散文集，"这本书写了一年，才得稿费八百元。"最后，他提出两种方案：或出两千元，或把老屋拆了卖了，自己再出一千元。来者很失望，勉强同意后者。报纸宣传孙犁先生捐资兴学的消息一出，乡长带着人又来了，一要以孙犁先生的名字命名这座新建的小学校，一请孙犁先生为小学校题写校名，都被孙犁先生婉辞。

至此，孙犁先生有一段内心独白："老家已是空白，不再留一草一木，一砖一瓦。这标志着，父母一辈人的生活经历、生活方式、生活志趣、生活意向的结束。也是一个从无到有，又从有到无的自然过程。"可以说，这和上面提到的两篇文章互为镜像。前者写的是人，后者写的是物，两者合为故园，交相的消失，才是真正的消失，才会使得心情怅然而忧郁。

《曲终集》中，还有一篇重要的叙事散文《残瓷人》。这是一篇杂糅回忆和感喟、历史与现在、偶然与莫测，以个体出发深入人性与时代的佳构，以具象到抽象而使得瓷人成为一种隐喻和象征。一个在1951年花了十六卢布在国外买回来的小瓷人，经历了各种动荡，都没有丝毫损坏，却因一场雨，房顶漏雨掉下一块天花板而将小瓷人的双手砸断。短小的篇幅里，写得风生水起，淋漓尽致。最后，他引老子的话"美好者不祥之器"沉郁而戛然收尾，深深显示出孙犁先生晚年忧郁难舒的性格与情怀。这种情怀，延续了他戎马生涯的青年时代的忧国忧民的情怀，对时代和现实的关注和介入，并没有因为年老而变化，这和热衷于热闹文坛准官场、一味歌功颂德的时令作家拉开了明显的距离；这种性格，则是晚年的一种明显的变化，这种变化，使得他晚年生活越发孤独和郁闷难解，却也在某种程度上帮助了他晚年文体风格形成深刻的变化。

说到孙犁晚年文体的风格特征，我以为可以用简约派来比拟。过去讲唐诗时说"郊寒岛瘦"。这个"寒"和"瘦"字，可以概括为这种简约的特征。"寒"指的是冷峻，"瘦"指的是清癯。冷峻，更多的是指内容具有了内敛的思想力度和批判锋芒；清癯，更多的是指文字删繁就简的浑然天成和意境平易却深远的水天一色。这应该是孙犁先生晚年一种自觉的追求，这种追求，既是思想的追求，也是美学追求。他崇尚古人说的："叙事之功者，以简要为主。"他说过："人越到晚年，他的文字越趋简朴，这不只与文学修养有关，也与把握现实、洞察世情有关。"同时，他特别喜爱"大味必淡"和"大道低回"两个词语，曾多次抄录，乃至置于自己的书房。

这在《曲终集》里得到充分的体现。以《残瓷人》作说明。瓷人从樟木箱到稻草筐到书案，再到稻草筐，件件细节相互衔接映衬，将看不见的心情写得那样真切，干净得没有多余的枝权，一枝风霜之后的老梅一般，瘦骨嶙峋而暗香浮动。可以想见，如此简约，来自谋篇布局时的精心构制，方才榫卯丝丝入扣，用的绝不是叮当直响的钉子活儿。

同样，在《胡家后代》里，仅仅一句"当时土改后，他家的生活已经很困难"，土改后什么样的人生活很困难呢？无限的时代与人生，以及胡家小妹的万般无奈来托孙犁办事，和孙犁先生自己的深深的遗憾，都在这简约词语背后的留白里面了。庾信文章老更成，这就是简约的力量和魅力。

秋千袜子和红棉袄

孙犁的《红棉袄》，写一个十六岁的农村姑娘。抗战期间，患有打摆子重病的八路军战士，突然来到她家。这时候，家里只有她一个人，她一个女孩子，该怎样面对这突然到来的一切，如何去照顾瑟瑟发抖、不住呻吟、身子缩拢得越来越小的男战士？

她是热爱八路军的，面对这样的八路军战士，她是一定要表达热爱之情的。该怎么表达呢？怎么才能表达得贴切而感人？这是衡量作者对于文学写作的能力，更是衡量生活感受的能力，孙犁没有写别的，只是着重地写了她脱下自己的新棉袄——是在这一天早晨才穿上的崭新的红棉袄，给战士盖上。她用这件看得见的新的红棉袄，表达出看不见的心情和感情。

可以设想，如果没有这件红棉袄，光是说她怎么样烧炕取暖，怎么样烧水做饭，怎么样体贴入微地说着关心的话语，有这件红棉袄更能突出小姑娘的形象吗？

这件新的红棉袄，并没有再做铺排渲染，而是点到为止，戛然而止，如万绿丛中一点红，留白，不做层林尽染、全画幅地描画。以小博大，便有了四两拨千斤的足够力量。状物写心，心便有了心真且生动的体现。

孙犁先生的《秋千》，运用的也是这样的写法。

写的还是一个姑娘，十五岁，比《红棉袄》里的姑娘还要小一岁。日本鬼子烧毁了她家的房子，爹娘早死，从小吃苦，但是，她有个爷爷，曾经开过一家小店铺，有几十亩的地。农村定成分的时候，有人提起她爷爷的陈年旧事，要定她的成分为富农地主。她一下子委顿了，和她一起的女伴们也跟着她一起失去了往日的快活，纷纷替她鸣不平。最后，她爷爷是她爷爷，属于上一辈的事，她被定为普通农民。立刻，她和女伴恢复了往日的快活。那么，这快活劲儿怎么写？因为这关系着她和她的这一群女伴的形象。仅仅说她们都很快活，快活得蹦了起来，叫了起来，然后激动得流下眼泪，行吗？这是我们常常爱表达的方式。如果说不行，有什么方法可以让这快活形象生动起来呢？

如同《红棉袄》里的红棉袄，孙犁先生用了"秋千"这一形象化的象征物，作为她们心情和形象的载体，一下子便好写，也容易写得生动了。只不过，比起红棉袄的点到为止，这一段的秋千多了描写，有人有景，有心情有场面，有主客观两方面的镜头，便一扫以往的阴霾，那样的明亮起来：

　　她们在村西头搭了一个很高的秋千架。每天黄昏，她们放下纺车就跑到这里来，争先跳上去，弓着腰往上一蹴，几下就能和大横梁取个平齐。在天空的红云彩下，两条红裤子翻上飞下，秋千吱呀作响，她们嬉笑着送走晚饭前这一段时光。

　　秋千在大道旁边，来往的车辆很多，拉白菜的，送公粮的。戴着毡帽穿着大羊皮袄的把式们，怀里抱着大鞭，一出街口，眼睛就盯着秋千上面。其中有一辆，在拐角的地方，碰在碌碡上翻了，白菜滚到沟里去，引得女孩子们大笑起来。

　　试想，如果没有这样的秋千出场，女孩子的心情和形象还会这样鲜明生动吗？有了秋千，不用多说了，女孩子的心情和形象，都在秋千上面闪现，要不也不会有那么多车把式观看，更不会有人翻车了。在孙犁先生早期作品中，爱用这种红棉袄和秋千的小物件，找到了它们，他写起来便顺畅，我们读起来就生动。可以说，这是探寻孙犁先生早期作品写作轨迹的一条路径，我们不仅可以学到写作的方法，更可以触摸到孙犁先生的情思与心路。

《山地回忆》比起前两则写作时间晚些，是1949年12月中华人民共和国成立之初写的一段战时的回忆，写的还是一个小姑娘，比《红棉袄》里的小姑娘大一岁。在这篇散文中，主要写这个小姑娘的性格，以性格展现美好善良的心地，以及对抗日战士的感情和对战争胜利的渴望。

性格不是抽象的，不能只用天真、可爱、倔强或巧手、能干这样的形容词完成对性格的刻画。性格，要在具体事情的进展中展现，在人物的接触乃至矛盾冲突中展现。这样来写，性格便不会是抽象概括出来的词，而变成了一种行动。在我的理解里，性格不是名词，也不是形容词，而是一个动词。也就是说，要想把人物写生动，得让人物动起来。

仔细分析一下，孙犁先生的这篇《山地回忆》，是如何以行动写人物的。这条行动线是非常清晰的，也是非常生动有趣的：

冬天的早晨，"我"到河边凿破河面的冰，正要洗脸，听见下游有人冲"我"喊："你看不见我在洗菜吗？洗脸到下边洗去！"喊话的人，就是这个小姑娘。未见其人，先闻其声，是和《红楼梦》里快人快语的王熙凤出场一样的写法，小姑娘也是个泼辣的人。

"我"和小姑娘的争吵。小姑娘出言不逊，骂了"我"。

"我"生气地转过身走，看见小姑娘穿得单薄，手冻肿了像红萝卜，抱着一篮子的杨树叶在洗，这是她家的早饭。这一笔描写很重要，是"我"和小姑娘矛盾转化的关键。艰苦战争中军民连心的心情，是通过这样的细节表现的。

"我"一下子心平气和了，让她到"我"这里洗菜。她却故意斗气地说："你在那里刚洗了脸，又让我去洗菜！""我"已经理解了小姑娘，听她的话没有生气，相反笑着说："我在这里洗脸，你说我弄脏了你洗的菜；我要你到这里来，你还说不行，要我怎么办？"

小姑娘往上面走，去洗菜，冻得双手插进衣襟里取暖，回过头来冲"我"笑。看，写的全是动作。即使不说话，可爱的小姑娘的形象，已经生动地浮现在我们的面前。

两人依然斗气，小姑娘讽刺"我"是假卫生时，看见"我"赤着脚，没有穿袜子，接着讽刺说："光着脚，也是卫生吗？"

小姑娘对"我"说，要给"我"做一双布袜子。

这段河边邂逅，在这里达到高潮，便也在这里恰到好处地戛然结束。这是一段类似民间戏曲里《打樱桃》的写法，风趣的冲突中，透露出小姑娘泼辣风趣的性格，从洗脸洗菜的矛盾到矛盾的和解，再到不依不饶的斗嘴，一步步地推进到做袜子的高潮。小姑娘的性格，是这样一步步展现出来的，自然妥帖，生动可爱。

　　在这里，袜子的出现很重要，是高潮的结晶，也可以说是让高潮不仅有声有色，而且有了看得见摸得着的具体体现。所谓山地回忆，回忆的重心，便是袜子。袜子没有出现，这段描写便失去了焦点，就像戏曲里的《打樱桃》，如果没有了樱桃，那个小姑娘的戏也就没法唱了一样。这双袜子，是小姑娘性格和心地的象征物，最后在她的性格突出之处打上一圈聚光灯明亮的光晕。

　　在物资匮乏的战争艰苦环境中，做袜子并不是一件简单的事情。做好袜子的时候，小姑娘对"我"说："保你穿三年，能打败日本不？"风趣的性格，依然是借助袜子表现出来的。

　　1945年，抗战胜利，"我"在黄河中洗澡，奔腾的河水冲走了"我"所有的衣服，包括这双袜子。孙犁先生涌出这样的感喟："黄河的波浪激荡着我关于战后几年的生活回忆，激荡着我对于那个女孩子的纪念。"这是一种抒情，但并不是空泛的抒情，因为有这双袜子，抒情便也有了坚固的基石。这座基石，便是小姑娘的形象；这双袜子，便是小姑娘形象的象征载体。也就是说，想起这双袜子，就想起了小姑娘；想起小姑娘，就想起了这双袜子。

袜子，和秋千，和红棉袄，都是孙犁先生写作筋骨和情感脉络的载体。读到它们，我们便也就想起了孙犁先生。

《我这九十年》读后

收到束沛德先生题赠的新书《我这九十年——文学战线"普通一兵"自述》（人民文学出版社，2021年8月版），一口气读完。这里有我熟悉并认为重要的《我当秘书的遭遇》《我也当过炮手》《难忘蓝子》等篇章，也收录了我未曾读过的不少新作。全书分为"我与作家协会""我与儿童文学""我的良师益友""我的笔耕生涯""我的亲情家风""我的夕阳时光"六辑，以"我"为主角，雪泥鸿爪，串联起作者与文学结缘的人生轨迹。读后，有一种翻阅厚重老相册的感觉，落花流水，蔚为文章，须眉毕现，栩栩如生。今年，正好是束沛德先生九十岁大寿，这本书无疑是最好的生日礼物。

十九年前，我读过束沛德先生《龙套情缘》一书，对他回顾历史时直面自己良知的坦诚心地和始终不忘滴水之恩的真挚品格，感怀尤深。如今，认真读这本新书，束沛德先生对于儿童文学一往情深的感情弥漫全书，如风如雨，扑面而来，湿润在字里行间，书便如风雨故人，即便多年未见，依然如十九年前读他的书一样。长期以来，在儿童文学领域，束沛德先生集领导者、组织者、观察者、评论者和建设者于一身。这样的角色，迄今无人可及。说束沛德先生如同儿童文学园地的一棵大树，浓荫之下，庇护并培养了几代儿童作家，大概他是不会同意的，因为他从来都是谦逊的、平易的。在这本书中，他不止一次称自己是跑龙套的、打杂的，是散兵游勇。这是他对于一生钟爱的儿童文学最朴素最真实的感情，也是最令我感动之处。

这本书中有一篇《自白与自勉》，写到在编辑《束沛德谈儿童文学》一书时，他坚持用"谈"字，而不用"论"字。他说，书名用"谈儿童文学"而不用"论儿童文学"，是经过一番推敲的。这样量体裁衣，更切合实际。这个例子，很能说明束沛德先生对于自己所处的角色和所做的工作的基本认知、态度和感情，他把身段拉得很低，不愿意做振臂一呼高悬于上的姿态，与这本书铅华洗尽的风格很是吻合。

不过，在论及儿童文学观时，他的态度是旗帜鲜明的。为谁创作？他说儿童文学是为我国"几亿儿童创作的"。创作标准？他说"以情感人，以美育人"，这是"儿童文学的艺术特征和功能"。对作家的要求？他说："儿童文学作家要永葆童心。失去童心，失去童年生活对自己的馈赠，就可能捕捉不到生活中的美和诗意，捕捉不到孩子们独特的情感、心理、想象。"这三方面，构成了他几十年以来稳定的儿童文学观，对于今天有些"乱花渐欲迷人眼"的儿童文学现状，尤其具有明心醒目的作用和意义。

在这本书中，我不仅看到他对儿童文学的感情，还看到他对师友们及普通作者的感情。写德高望重的前辈或功成名就的晚辈，很容易是锦上添花、肥肉添膘，或沦为人情站台式的敷衍和吆喝。但束沛德先生能将这类文章写得出自真情，平实而感人。特别是《一本诗集联结了我们仨》，写与一位几十年从未谋面的业余作者的感情。1956年6月，中国青年出版社请束沛德先生为志愿军战士蔡庆生的诗集《告诉我，来自祖国的风》做初审和编选工作。诗集出版后，他将其保留至今，并在耄耋之年和蔡庆生联系上。六十余年漫长岁月，从青春年少到白发苍苍，经历了多少迁徙颠簸，又不是自己的熟人或亲人，束沛德先生却将一本薄薄的诗集珍存至今，足见其重情重义、心思细腻。这样的小细节已经蔓延于文学之外，尤为令我感佩和敬重。

"我的亲情家风""我的夕阳时光"两辑，使我更多地了解束沛德先生人生的侧面。读《相见时难别亦难》，品味出他与亲人之间的缱绻之情；读《童年记趣》，谁能想到这样一位温和的谦谦长者，当年曾经站在叠在八仙桌的椅子上，学京戏武生，不管祖父的呵斥，吃凉不管酸，一下子从上面跳将下去？也许，拥有这样的童年经历，命运才会让他与儿童文学结下一辈子的不解之缘吧。

还有一篇《退休23年来辞旧迎新日记》，最为别致，记录了从1998年到2020年二十余年每年最后一天的年终小结，生活、写作、家人、朋友、居家、旅行、患病、医疗等方方面面、点点滴滴，删繁就简，清晰而情趣盎然地留下他的屐痕与心迹。这样穿珠成串、蒙太奇式的拼接闪回，起码我是没见过。

2004年12月31日，他写道："晚上做了干贝三丝、清蒸桂花鱼等菜肴，一家人举杯共祝新年好。"2012年12月31日，他写道："我和崑身体、精神还算好，生活能自理；我俩乘公交车先后探望了几位病中的老同事、朋友。"2014年12月31日，他写道："读李东华的《少年的荣耀》，已读了三章，六十多页。"这三组特写镜头记下的并不是什么大事，但不要忘了，作者已是耄耋老人，我们看到了他对生活一如既往的热情，对友人一如既往的情谊，对年轻作家一如既往地关注。

这是三幅活色生香、温馨蕴藉的画面。

这是画面、是品性、是情感、是心地，远超越于儿童文学的天地，可以影响读者、影响作者、影响我。诗人布罗茨基说："一个诗人的影响，就是一种放射和辐射，它会传递一代人和两代人。"束沛德就是这样的，他用他的文字、他的工作，更用他的心地、感情和精神，影响着我们。这也将传递给下一代人和下两代人。因为这样的影响，也是他从上一代人那里继承的，如书中的赵景深、严文井、沙丁、远千里、菡子等无数人。

合上新书，意犹未尽，写下一首打油诗，作为此书读后感，并祝束沛德先生健康长寿——

儿童文学一生忙，九十风霜染夕阳。

鸿爪雪泥留岁月，蝇头鹤发课文章。

深枝著子多新熟，幽谷开花晚后香。

龙套情缘不辞老，秋光依相似春光。

犹如树木进入夜色

——《在细雨中呼喊》读后

在美国，我在一位在芝加哥大学留学的韩国留学生的家里住了一段时间。在她的书架上，我看到了余华的书，书的扉页上还有他的签名，是她到北京拜访余华的时候，余华给她的赠书。可以想象，她也是很喜欢余华的小说的。我在她的书架上找到余华的《在细雨中呼喊》，这是余华的第一部长篇小说，前些年的老书了，虽然早读过了，但读起来还很新鲜，便在芝加哥大学宽敞的图书馆里花了几个晚上重新读了一遍。好书不是时令的鲜花或水果，过季就零落腐烂，而是树木，总是能够常读常新，在阅读的空间发现新长出来的枝条，迎风摇曳生姿。

掩卷之后，还是发现自己喜欢这部小说，胜过余华其他的长篇，虽然他的《活着》和《许三观卖血记》也很好，但我还是觉得《在细雨中呼喊》写得更好。

也许，这是余华的第一部长篇小说，他生活、情感与写作经验的积累，在这部作品中得到了喷发，无论从生活的质感、感情的抒发、先锋写作的表达，与他以后的几部长篇相比，都更胜一筹。作为长篇的处子之作，它的清新更是其他长篇无法比拟的。作为长篇写作，他也可能抵达得更远，但在出发地更让我流连。

《在细雨中呼喊》，也许应该算作一部成长小说，也应该算是一部回忆小说，寻找并重构回忆。很多作家的长篇处子作都是这样起步的，其自传的成分浓郁，更能看到作家的生活与情感的影子。当然，从某种程度而言，作家的任何一部作品都带有其自传成分，但这部长篇的自传成分是由表及里渗透骨髓之中的，是弥散在字里行间的。这与日后他的《兄弟》拉开明显的距离。可以这样说，在余华日后的长篇写作中，再也看不到这样姿态的写作。

我在重新阅读的时候，心里常常泛溢着异样的感觉，他的叙述方式、语言，将人物和故事剪碎后，不是在时间中而是在自己的回忆中自由散漫地游走、拼贴和表达，今日的感喟与心情，与过去的日子及故事，跳荡、交融、互文，可以想象二十世纪八十年代文学写作的先锋形象与心理。弥漫全书的少年维特式的忧郁调子，也充满已经远逝的那个时代的诗意。

"我成长以后回顾往事时，总要长久地停留在这个地方，惊诧自己当初为何会将这哗哗的衣服声响，理解成是对那个女人黑夜雨中呼喊的回答。"我以为小说里的这句话，是小说的意象，是小说的种子，正是从这句话出发，余华有了整个小说的走向和规模。

在这部小说里陆续死的人过多，让人感到生活的沉重和人生的残酷，而这样的沉重和残酷，与《活着》是不同的。

"我第一次看到了死去的人，看上去他像是睡着了。这是我六岁时的真实感受，原来死去就是睡着了。""我害怕像陌生男人那样，一旦睡着了就永远不再醒来。"

在另一处，"我"弟弟死的时候，"我的弟弟最后一次从水里挣扎着露出头来时，睁大双眼直视耀眼的太阳，持续了好几秒钟，直到他最终被淹没。几天以后的中午，弟弟被埋葬后，我坐在阳光灿烂的池塘旁，也试图直视太阳，然而耀眼的光芒使我立刻垂下了眼睛。于是我找到了生与死之间的不同，活着的人是无法看清太阳的，只有临死之人的眼睛才能穿越光芒看清太阳。"

从孩子的眼睛里看到的死亡，更为特殊，有些惊心动魄。在第一次看到死亡之前，"我们奔跑着，像那些河边的羊羔。似乎是跑了很长时间，我们来到了一座破旧的庙宇，我看到了几个巨大的蜘蛛网"。"我注意到黑色的衣服上沾满了泥迹，斑斑驳驳就像田埂上那些灰暗的无名之花。"在弟弟死的时候，他着重用了太阳耀眼的光芒。在这里，余华不吝他的比喻，"羊羔"，"蜘蛛网"，田埂上的"无名之花"，"太阳耀眼的光芒"，来和死亡做对比，来衬托孩子的心情，来对应生与死，像是画面背景洒满点彩之笔的笔触，这是余华日后写作中很少见到的。

　　"我在语文作业簿的最后一页上记下了大和小两个标记。此后父亲和哥哥对我的每一次殴打，我都记录在案。"

　　"时隔多年以后，我依然保存着这本作业簿，可陈旧的作业簿所散发出来的霉味，让我难以清晰地去感受当初立誓偿还的心情，取而代之的是微微的惊讶。这惊讶的出现，使我回想起了南门的柳树。我记得在一个初春的早晨，突然惊讶地发现枯干的树枝上布满了嫩绿的新芽。这无疑是属于美好的情景，多年后在记忆里重现时，突然和暗示昔日屈辱的语文作业簿紧密相连，也许是记忆吧，记忆超越了尘世的恩怨之后，独自来到了。"

他将柳树枯干枝条上的嫩绿的新芽和象征着昔日屈辱的作业簿，那样生硬地强拉在一起，却产生了出奇的间离效果。他将记忆中的客观现实与主观心情，写得那样真实而富于起伏。他的思绪和笔触信手拈来，一个细节与意象，如同印象派画家手中的画笔和色彩，总能够随意挥洒出一种意想不到的景致来。

小说中关于"我"和苏家兄弟的交往，写得非常动人，是小说中的华彩乐章。余华没有编排离奇的故事，却用平易但惨痛的人生命运，撞击着少年的心。这比一般惯常见到的以情节取胜的小说，更具刺痛人心的力量。苏家两个孩子在围墙里家中的游戏和笑声，他们的父亲苏医生骑车带着他们穿过田间小路时，坐在前面的弟弟不停地按响车铃，坐在后面的哥哥发出激动人心的喊叫，那些难忘的情景，都让"我"想起了家。"在我十六岁读高中一年级时，我才第一次试图去理解家庭这个词，我对自己在南门的家庭和在孙荡的王立强的家庭犹豫了很久，最终确定下来的理解，便是这一幕情景的回忆。"余华总是能找到恰到好处的时间、地点和方式，不动声色而富有节制地表达出他内心涌动的情感，而在不知不觉之中让人生结出厚厚的老茧。

苏家一家返城之后，重新来到苏家围墙的时候，"我就再也看不到苏家兄弟令我感动的游戏，不过我经常听到来自围墙里的笑声。我知道他们的游戏仍在进行"。看到这里的时候，"我"忽然想起了二十世纪八十年代初期看的日本电影《生死恋》中主人公重新回到网球场，回想起死去的恋人打球时球落地的砰砰声和那欢快的笑声。那种以静制动的叙述，简约而有力地将心情表达得那样富于画面感，无限延伸的是画面，更是心情。

当返城后的哥哥苏宇找到工作后回到南门找"我"未果，一年后他死了。而多年以后"当我考上大学后，却无法像苏宇参加工作时来告诉我那样，去告诉苏宇。我曾经在城里一条街道上看到过苏杭，苏杭骑着自行车和几个朋友兴高采烈地从我的身旁疾驶而过"。人生的沧桑，打碎了少年的缱绻情怀，一个个梦破碎之后，少年长大了。长大了是司空见惯的结局，长大的过程却那样因人而异，花开花落的枯荣之间，心情与心理的微妙而多端的变化，远比故事的曲折难写，却撩人心魄。很多的时候，这是这部小说最让我沉浸之处。

这部小说的语言，也有着与之内容和形式相匹配的清新动人之处。它们是孩子纯真又饱受挫伤之后的眼睛里的影像，也是作者回忆和想象之中的世界。"浑浊的眼泪使我父亲的脸像一只蝴蝶一样花里胡哨，青黄的鼻涕挂在嘴唇上，不停地抖动。""这是我第一次听到了鲁鲁（一条狗）的声音，那种清脆得能让我联想到少女头上鲜艳的蝴蝶结的声音。"余华如此钟情蝴蝶，两次借用了它，新奇大胆，让语言充满魔力。把脸比作蝴蝶，把狗的声音比作蝴蝶结，我还从来没有见过这样的比喻，我们可以称之为通感，其实，它更是余华写作之时的心情尽情地释放，情之所至时信马由缰地手到擒来。

好的小说，一定要有好的语言去适配。这是眼下许多小说，特别是长篇小说所缺乏的。是语言让小说串联成一条河流淌了起来。好的语言可以让河水流淌得波光潋滟，不好的语言只会让河水流淌得浑浊而凝滞。在这部小说中，余华曾经用了这样一个比喻："他们的面目已经模糊，犹如树木进入夜色那样。"好的小说，其实应该也是这样，好的语言带动着心情和感情，带动着人物和情节，一起共舞，浑然贯通，彼此融合，就像树木进入夜色那样。

冬夜重读史铁生

　　史铁生是去年年底离开我们的。今年这个时候，我的弟弟离开了我。在这种时候，别的书都看不下去，唯有铁生的书常常忍不住地翻看。我是把他们都当作自己的兄弟，十指连心的疼痛，弥漫在纸页间。

　　在《我与地坛》的开篇中，铁生先是这样写了一段地坛的景物："四百多年里，它一面剥蚀了古殿檐头浮夸的琉璃，淡褪了门壁上炫耀的朱红，坍圮了一段段高墙又散落了玉砌雕栏，祭坛四周的老柏树愈见苍幽，到处的野草荒藤也都茂盛得自在坦荡。"然后，他紧接着说："这时候想必是我该来了。"

　　他来了。他去了，又来了。每一次读到这里，我都格外地心动。总觉得像电影一样，在地坛颓败而静谧的空镜头之后，他摇着轮椅出场了。或者，恰如定音鼓响彻在寂静的地坛古园里一样，将悠扬的回音荡漾在我的心里，注定了他与地坛命中契合难舍的关系。当代作家中，哪一位有如此一个和自己撕心裂肺打断了骨头连着筋的特定场景，从而使得一个普通的场景具有了文学和人生超拔的意义，而成为一个独特的意象？就像陆放翁的沈园，就像鲁迅的百草园，就像约翰·列侬的草莓园，就像凡·高的阿尔？

我想起我的弟弟，十七岁独自去了青海油田，他在临终前嘱咐家人一定要把他的骨灰撒回柴达木。我庆幸，他和铁生一样都能魂归其所，而不像我们很多人神不守舍、魂无所依。

在史铁生的作品里，母亲是一个最动人和感人的形象。母亲四十九岁时过早地离开了人世，在《我与地坛》中，有这样两段描写。

一段是——

摇着轮椅在园中慢慢走，又是雾罩的清晨，又是骄阳高照的白昼，我只想着一件事：母亲已经不在了。在老柏树旁停下，在草地上在颓墙边停下，又是处处虫鸣的午后，又是鸟儿归巢的傍晚，我心里只默念着一句话：可是母亲已经不在了。把椅背放倒，躺下，似睡非睡挨到日没，坐起来，心神恍惚，呆呆地直坐到古祭坛上落满黑暗然后再渐渐浮起月光，心里才有点儿明白：母亲已经不能再来这园中找我了。

另一段是——

有一年，十月的风又翻动起安详的落叶，我在园中读书，听见两个散步的老人说："没想到这园子有这么大。"我放下书，想，这么大一座园子，要在其中找到她的儿子，母亲走过了多少焦灼的路。多年来我头一次意识到，这园中不单是处处有过我的车辙，有过我车辙的地方也都有过母亲的脚印。

后一段，体现了铁生心地的敏感，从两个散步老人的一句简单而普通的话语里，涌出对母亲由衷的感恩和悔恨之情。敏感的前提，是善感。也就是说，是海绵才有可能吸附水分，水泥板、花岗岩，哪怕是再华丽的水磨石方砖，是无法吸附水分的，只能让那晶莹剔透的水珠凭空流逝。缺乏这样善感的心地与真情，使得不少写作成为搭积木和变魔术的技术活儿，或者化装舞会上和摆满座签的领奖席上花红柳绿的邀宠或争宠般的热闹。

前一段，排比句式的景物中几次慨叹"可是母亲已经不在了"都会让我心生沉重。在这样重复的喟然长叹中，那些景物：老柏树、草地的颓墙、虫鸣的午后、鸟儿归巢的傍晚，以及古祭坛上的黑暗与月光，才一一有了意义，这意义便是这一切附着上母亲的身影。因此，可以说，地坛是史铁生的，也是母亲的，因有这样的一位母亲而让地坛具有带着伤感无奈却又坚韧伟大的别样情怀。

每次读到这里，我都会忍不住想起铁生在他的《记忆与印象》中的《一个人形空白》里的一段："我双腿瘫痪后悄悄地学写作，母亲知道了，跟我说她年轻时的理想也是写作。这样说时，我见她脸上的笑与姥姥当年的一模一样，也是那样惭愧地张望四周，看窗上的夕阳，看院中的老海棠树。但老海棠树已经枯死，枝干上爬满豆蔓，开着单薄的豆花。"

如今，重读这一段，我想起铁生，也想起他的母亲，窗上的夕阳，枯死的老海棠树，老海棠树枝干上爬满的豆蔓，开着单薄的豆花，便一下子都成为母亲那一刻百感交集又无法诉说的心情与感情的对应物，好像它们就是为了衬托母亲的心情与感情，故意立在院子里，帮助铁生点石成金。这是怎样的一位母亲呀，可以这样说，是母亲的悲惨命运和与生俱来的气质与情怀，造就了作家的史铁生。我坚定地认为，没有母亲，便没有史铁生的地坛。

忍不住，也想起我的母亲。母亲走得太早，那一年，我五岁，而弟弟才两岁。穿着孝服，我牵着弟弟的手站在院子里，院子里没有海棠树，没有豆蔓和豆花，只有一棵老槐树，落满一地槐花如雪。

由生活具象而思考为带有哲理性的抽象，是铁生愿意做的，也是铁生作品的魅力，更是和我们一般写作者的区别，如同真正的大海一步迈过了貌似精致却雕琢的蘑菇泳池。他便从一己的命运扩大为更为轩豁的世界，而使得他的作品融有了思想的含量，不像我们的一样轻飘飘、甜腻腻或皮相的花里胡哨。他爱说人间戏剧，而不是像我们那样自恋得只会舔自己的尾巴、弄自己的发型、扭自己的腰身和新书的腰封。

在《想念地坛》这则文章里，铁生想念地坛里的那些老柏树，他从它们"历无数春秋寒暑依旧镇定自若，不为流光掠影所迷"中，将其品质出人意料地抽象为"柔弱"。他进而说："柔弱是爱者的独信。""柔弱，是信者仰慕神恩的心情，静聆神命的姿态。"他说："倘若那老柏树无风自摇岂不可怕？要是野草长得比树还高，八成是发生了核泄漏——听说切尔诺贝利附近有这现象。"

由老柏树的"柔弱"，他写到世风的喧嚣，他说："唯柔弱是爱愿的识别，正如放弃是喧嚣的解剂。"之所以由"柔弱"写到"喧嚣"，还是要写地坛，因为地坛曾经可以是销蚀喧嚣回归宁静的一块宝地，一个解剂——"我说的是当年的地坛"，他特意补充道。

我不知道弟弟执着地梦回青海的柴达木，是否还是当年他十七岁时的柴达木。我只知道他和铁生所说的"柔弱"一样，敏感而坚信唯有那里是"爱愿的识别"，是"喧嚣的解剂"。

在《想念地坛》最后，铁生写道："靠想念去迈过它，只要一迈过它便有清纯之气扑面而来。我已不在地坛，地坛在我。"这两句话，特别是最后一句"我已不在地坛，地坛在我"，如一支沉稳的铁锚，将地坛如一艘古船一样牢牢地停泊在新时期文学的岸边，也将思念深深埋在我的心里。

你让我又想起妈妈

——读张洁《世界上最疼我的那个人去了》

　　去年冬天到今年春天，我好长一段时间沉浸在张洁发表在《十月》的新作《世界上最疼我的那个人去了》里。我常翻它和张洁新出版的散文集《阑珊集》中有关她和她妈妈的那些文字，便常不能自禁，泪水忍不住落下。

　　张洁的这些文字付出了她的真诚、她的悔恨、她的心血。尤其是坦诚的自省与愧疚，并不是所有的人都敢于如她一样直戳戳逼视自己的良知，并赤裸裸解剖自己的灵魂。把自己的面孔化装成调色盘的太多了。虽然，时下真诚已经贬值、疚悔被视为犯傻、心变成千疮百孔的蚁窝、血早已淡如白开水，但真正的文学不能臣服时尚，而永远得有真诚、疚悔、心与血的滋润。不管别人如何看，我相信张洁这部长达十万余字的散文，会长长留在需要真诚、更需要母亲的人的心底。因为世界毕竟是靠她们支撑。

我无法诉说清楚读这篇散文时的心情，但有一点可以说得清，它让我又想起了我的妈妈。

"以她七十岁的高龄，夏天推个小车在酷暑的太阳底下卖冰棍"，第一次拿到稿费交给妈妈，妈妈瘪着嘴无声地哭了；妈妈用卫生纸只用很小一块，怎么说也改不了；第一次费劲地把妈妈塞进小汽车上医院看病；到医院为了不给别人添麻烦，整整一个上午憋着尿……那一个个带着体温、带着心跳、带着那些无可挽回时光的细节，直让我恍惚不光是张洁的，也是属于我的。我的妈妈不也是这样吗？妈妈一次次从那字里行间向我走来，那么清楚那么近，一伸手就可以摸到她老人家瘦骨嶙峋的胳膊。张洁太像我自己熟悉而亲切的大姐，她不就是在那艰辛岁月中陪着妈妈和我一步步走过来的吗？一直走到妈妈要火化的那一天，姐姐让我往妈妈的手里塞几枚钱币和一条手绢，她怕妈妈没钱花；正是夏天，她怕妈妈流汗没东西可擦……如梦如烟，我忽然感到与张洁有一种从未有过的亲切与亲近。

"本来人丁就不兴旺，更没有三亲六故的往来……一到年节，看着万家灯火，就会倍感那么多盏灯火里没有一盏属于我们的凄凉。我们那个家就更显得家不成家。少不更事的我还体味不深，就是苦了妈妈。"一读到这儿，心里就发紧。我无法忘记那岁月、那灯火、那孤灯冷壁家中的妈妈。我永远也忘不掉那年冬天，我到外地采访，硬是把妈妈孤零零一人甩在家中。一个多星期后，当我赶回家的那天晚上，屋里冷如冰窖，妈妈躺在床上，邻居老大爷正劈柴给那个已经熄灭多时的火炉生火。妈妈冻病了，如果不是被收电费的老大爷偶然发现，她就那么挺着是不会开口求人的。她没有责怪我，却一个劲儿问我晚饭吃了没有。那一晚燃着的炉火和点亮的灯火，让我对家的感受既凄凉又丰富。家那橘黄如豆的灯光，始终是妈妈苦得不能再苦却从不向我诉苦的一颗心脏在跳荡着。

张洁说她少不更事，说她"到了五十岁才懂得如何多爱一点自己的妈妈"。她说得不错。她去看望病中住院的妈妈，不但没有给妈妈送什么可口的饭菜、水果和点心，还呼哧呼哧美美地吃妈妈的病号饭。妈妈从来都是这样省吃俭用给孩子，从来吃惯了七分钱一斤的芥菜疙瘩……张洁散文里尽数了北京城当年最便宜的几种咸菜的价钱，每种咸菜里都融有妈妈的茹苦含辛。或许别人读到这里会不屑一顾，尝遍中西大餐，他们根本不认识这种芥菜疙瘩，可它却和棒子面一起陪伴了妈妈大半生的岁月。我又想起了妈妈。是的，我又想起了妈妈。

那年，我在北大荒插队，喝了一冬淀粉拢芡的冻土豆汤（黏糊糊的，我们称之为"塑料汤"），喝得倒胃，我写信让妈妈寄点咸菜。妈妈特意跑到六必居给我买了那么贵的八宝咸菜，先是托人给我带来，那人嫌沉不想管，妈妈一气之下跑到邮局给我寄了来。那一斤八宝咸菜一下子贵了几倍！而她自己呢，却只吃七分钱一斤的芥菜疙瘩呀！

张洁在这篇散文中说："又有哪个母亲不是倾其一生，为她的孩子榨干最后一滴血？"只是世上不孝儿女太多，像蚂蟥一样吮吸干净母亲身上的血之后遗忘母亲深恩的太多，太多。

当我们终于长大，懂得珍惜这一切，往往是悔不可及的时候了。落叶还能如鸟儿一样重新飞上枝头吗？一切都可以改变，唯有妈妈对我们是不能死而复生的；一切都可以重新找回或替代，唯有妈妈对我们是唯一的。"我只求妈多给我托些梦，让我在梦里再对她说一次：请你原谅我！"张洁大姐，你说得对，我也只有这样。也许，我是幸运的，虽然妈妈离开我已经近五年，她老人家依然常托梦给我，梦见得那么清晰，须眉毕现，和妈妈在时一样。

张洁大姐，谢谢你，你让我又想起了妈妈！

小说的诗意

　　在传统文学中，小说是俗物，诗才属于雅的象牙塔。将其二者结合，让小说融合着诗意，是小说后来发展中的产物，尤其是在文学处于浪漫主义时期闪烁的光彩。现在，我们仍然能从施托姆的《茵梦湖》、乔治·桑的《安吉堡的磨工》以及后来契诃夫的《新娘》、帕乌斯托夫斯基的许多小说中，看到小说中动人而浓郁的诗意。当然，小说应该有各种各样的写法，不见得篇篇非得拥有诗意，但拥有诗意的小说，总是能给人一种温暖而湿润的感觉。有的小说会让你看得累，看得沉重，看得发人深省，看得动人心魄，或者看得莫名其妙，看得花里胡哨，看得如进迷宫，看得"上穷碧落下黄泉，两处茫茫皆不见"……但这种拥有诗意的小说，会让你涌出一种异样的情感，感动之余会有些忧郁，会让你禁不住抬起头来望望天空，忽然觉得那么熟悉又那么陌生。并不是所有的小说都会拥有诗意，正如并不是所有的日子都值得让你心动一样。

在现代小说家中，迟子建的小说是在不断追求诗意的，只要看看她近期的小说就会明显感受到。她之前发表的《白银那》《日落碗窑》，新作《逆行精灵》，无一不弥漫着或轻轻飘荡着一种动人而又略带忧郁的诗意。《白银那》中江水在春天开江时"流水和冰块相互摩擦的声音，仿佛各种乐器在水面上浪漫地合奏着流浪"那种动人的感受；《日落碗窑》中那天真、梦想学习顶碗的乡村小孩子，第一次跑到城里看马戏演出时看到"舞台上灯光刹那间亮起来，灿烂得让人觉得伏天的太阳掉到那里了"那种美妙的感觉；《逆行精灵》中雨过天晴之后"阳光在森林中高高低低地寻找着栖身之处。落脚于松针上的阳光总是站不稳，因为那针叶太细小了，因而它们也就把那针叶罩得通体全透明。而落在低矮的阔大榛叶上的阳光则一派平和心态，它们能美美地坐在上面而不撒一线光芒"，那种细致入微的观察和诗意盎然的笔触……

当然，迟子建小说的诗意并不仅仅表现在这样的景物描写中，但这种景物的描写与作者和小说的人物心情融合一体，令她的小说笼罩在这样诗意朦胧的背景之中，使得她的小说在叙述完故事之后，还有一种什么东西，或是情绪或是思绪或是内心深处的些微回忆……在涌动，溅起你心湖中丝丝涟漪。这就是小说的诗意在起作用。包括小说在内的所有艺术中，能够让人涌动起这些东西的，除了情感共鸣的作用，我以为就是诗意。

在迟子建近期的小说中，我更喜欢她的《日落碗窑》。《逆行精灵》人物过多，对于各色人物过去时态的故事濒于穿插交代，多少影响现在进行时态的笔力对人物心灵的进一步刻画和拓展。《白银那》的结构多少有些人为的痕迹，结尾处善良的处理，将复杂的金钱与道德的矛盾化解为一杯雅格达甜酒而让人遗憾。相比较而言，《日落碗窑》写得更加情景交融、浑然一体、鸟飞天际、了无痕迹。孩子和爷爷、狗和落日辉映下的碗窑，是一幅未被污染的天然图画。仅仅为了一个天真的孩子，为了一个同样天真的母亲，为了他们共同拥有的天真愿望，烧了一秋的碗窑都失败了，最后终于在一片碎片中找到一个完好无缺的碗，那碗在落日中放射着美丽的光泽，仿佛不是从窑里烧出来的，而是由夕阳烧成的。而就在这一刹那，渴望中的孩子落生在这一片破碎的碗窑和这一个完美无瑕通体彤红的碗旁，这个孩子后来被叫作"碗窑"。确实写得气脉贯通，是生活中的，更是浪漫想象中的画面。而诗意正是属于浪漫的。

曾有电影厂的朋友对我说想将《日落碗窑》改成电影，我极力支持。对他说，不用说别的，仅仅想想老爷爷烧窑窑头那一片北国坦荡无垠的乡村平原上，那一排排麻雀在辉煌的落日中，在燃烧的窑火中飞起飞落的壮观情景，想想那孩子的渴望、那狗的奔跑、那碗窑失败时麻雀围着碗窑叽叽喳喳旋转翻飞、那新生婴儿落生时的啼叫声……该是多么理想的电影画面，是宽银幕，是一组组无须语言的空镜头，是用莫扎特式的音乐的配乐背景……

小说中的诗意，是小说美学探求的方向之一。寻求小说的诗意，并不仅仅在于小说的形式、情节、氛围等自身，更在于小说家的心灵对世界的感应和发现，在于本身对于阳光的捕捉并用这阳光去透射厚厚的云层。在一个缺少诗意而充满实际、实惠和实用的时代，努力去寻求尘埋网封生活中的诗意，本身就是一种理想，是一种梦境。

侠之隐去以后

——读《侠隐》有感

　　武侠不是小说的内核，而只是外壳，就像砸开一枚纹路密实又坚实的核桃壳，里面藏着的是喷香绵软而富于纯真油脂味道的桃仁。读完张北海的长篇小说《侠隐》（上海人民出版社，2007年5月版），久久弥漫在我心头的，是这样的感觉。

　　就小说写法而言，并不是新潮笔触，青年侠客李天然去美国五年，在美国整容之后以"海归派"的形象，焕然一新出现在北京城，穿街走巷，上天入地，出神入化，为师傅复仇的故事，最后将个人家仇融合在抗战爱国情怀之中，也不是什么新奇的构架。一部《侠隐》却让作者写得从容不迫、丝丝入扣，就像老太太絮的棉被，将饱含着阳光温度与味道的新棉花，不紧不慢地一层一层絮了进去，絮得那样妥帖，富有弹性，绵绵软软。读每一章节，都像躺在这床棉被上那样舒服惬意，更重要的是，它里面充满的是如同母亲絮进去的情感，"临行密密缝，意恐迟迟归"。

大陆读者对《侠隐》的作者张北海还比较陌生。他出生于北京，十三岁离开北京开始海外漂泊，这段游子经历是这部小说的背景与底色。确实，距离产生美，在遥远的思念、回忆和想象中写成的小说，才会如陈年的酒。因此，小说所弥散的味道、感觉，都是作者对母亲一般，对故土挥之不去的情感。侠之隐去，浮出水面的是老北京的浓郁的风土人情；浮上心头的是作者无法掩饰的怀旧之情。武侠只是小说的外化，最后沉淀而结晶的是这份沉甸甸的情感。

看来，艺术只有变化，没有进化。形式的新旧并不能主宰一切，在唯新是举的潮流面前，《侠隐》以久违了的扎实笔锋与沉稳心迹、干净文字和严谨老到的叙事方式，特别是意在笔先，认真做足了功课，稔熟于心地融入了大量的老北京地理（从前门火车站到干面胡同、烟袋胡同到东四隆福寺到海淀县城、圆明园、什刹海）和民俗民风（从中秋节到元宵节到端午节），特别是写雪还没化、榆树发芽时那分吃的春饼，端午节将菖蒲和艾草以及黄纸、竹纱纸上的印符一起扔出门外的那"扔灾"的描写，真的是地道，写得那样韵味醇厚，精雕细刻，宛若一帧笔精墨妙的水墨画，或者说是如小说中巧红裁剪合体、做工精到的那一袭袅袅婷婷的京式旗袍。

《侠隐》重新书写了中国传统小说创作的魅力和潜力。它的白描，它的细节，它的人物出场、高潮处理，包括它的那些让你会心会意的巧合，一一可以看出中国传统小说的影子，依然是那样的根深叶茂、婆娑多姿。

自老舍和林海音先生之后，虽有刘心武《钟鼓楼》等的努力，但老北京再未能以艺术巅峰状态呈现在我们的小说创作之中。我们并未出现如雨果一样写巴黎、如索尔·贝娄一样写芝加哥这样大都市的出色作家与小说。作为一座世界闻名而罕见的古都，老北京蕴含的艺术魅力与潜力以及丰富的矿藏，远未被我们的小说家洞悉并重新谦恭地弯腰拾起，远未如张北海一样有着如此文学的自觉。特别是在老北京面对推土机的轰鸣，老街巷、老宅院在"拆"字下大片消失的今天，如张北海一样的写作，显得愈发弥足珍贵。在现实的天地里，老北京已经渐行渐远，在小说的世界里，老北京的魅力永存而且愈加彰显。海外作家张北海《侠隐》一书在内地的出版，便给我们本土作家一点启发和压力，当然，也包含一份期待。期待在老北京的艺术天地中，能够多几个李天然前来潇洒打擂、一展拳脚。

《聊斋》两读

蒲松龄的芭蕉叶

《翩翩》是《聊斋》中的一篇故事，也是一个女狐的名字。与《聊斋》中其他鬼魅的名字，如婴宁、青凤、莲香、聂小倩相比，翩翩更像一个现代女孩子的名字。《翩翩》一篇的现代性，先不经意地在这个名字里显现出来。

《翩翩》讲述的是一个浪子回头的故事。如果仅仅是浪子回头，不过只是一个老套的故事，在话本小说里屡见不鲜。《翩翩》有意思之处在于不仅是浪子回头，还有一些值得我们今天思考的东西。这便是带出的一点现代性，《聊斋》在很多老故事中蕴含着现代的元素，是蒲松龄不见得意识到的，是超越文本之上的。

所谓现代性，就是和我们今天的关联性。它不是滞留在过去，而是指向今天。就像一粒老莲子，可以萌发出今天的新芽；就像一个旧陶罐，可以盛放今天新榨的果汁或清新的泉水。这样的作品，便成为一面镜子，可以照见我们今天的世界和内心，而不是一面尘垢蒙面的青铜镜，只可陈列在历史博物馆里。

《翩翩》讲的是一个叫罗子浮的浪子，被翩翩搭救，用清溪水洗疮，用芭蕉叶做衣，又以不同树叶做成各种食物，在纯净的大自然中，这个罗子浮得以重生。就在罗子浮刚刚恢复过来人样，就急不可耐地跑到翩翩的床前，觍着脸求同房云雨共欢。翩翩骂他道："轻薄儿，甫能安身，便生妄想。"他却说是："聊以报德！"敢言敢做，恬不知耻到这种地步，完全是现代某些人的嘴脸。这是罗子浮欲望难尽的第一次亮相。

第二次，来了另一位狐魅花城，和翩翩一样，也是花容月貌，罗子浮一见倾心，哪里禁得住这样的诱惑。吃饭时，果子落地，罗子浮弯腰捡拾时，趁机捏捏花城的脚。没有想到的是，立刻，他身上的衣服变成了原来的芭蕉叶，难以遮体。他赶紧收敛，收回邪念，坐回原座，芭蕉叶又变成了衣服，遮挡住他的身体，也遮挡住他的害羞。劝酒时，罗子浮再一次春心荡漾难掩，忍不住挑逗地挠挠人家的手心。立刻，衣服又变成了芭蕉叶。他只好又收回邪念，于是，芭蕉叶又变回了衣服。芭蕉叶，在这里立起一面哈哈镜。

如此将罗子浮一次次打回原形，像坐过山车一样颠簸，罗子浮在花城面前洋相毕露，实在既难堪又可笑。将一个花心男子旧习难改、本性难移，又想拈花惹草，还怕露丑丢人，又要偷腥，还想遮掩，又想男盗女娼，还要道貌岸然的样子刻画得入木三分、淋漓尽致。

第三次亮相，是罗子浮禁不住人间的诱惑，想回家乡看看。翩翩一眼洞穿他的心思，直言说他是"子有俗骨，绝非仙品"。便裁云为棉，剪叶作驴，让他回去。罗子浮回到家乡，立刻，衣服变成秋天的败叶，衣服里面的棉絮像蒸汽一样散了。瞬间他被打回原形，赤条条，哪儿来的哪儿去。最后，罗子浮重回旧地找翩翩，却已经是"黄叶满地，洞口路迷"。

《翩翩》的一头一尾，写得都不精彩，不足一观。但是，掐头去尾留中段，罗子浮这三次亮相，尤其是后两次借助芭蕉叶的亮相，写得确实精彩。设想如果用现实主义的方法来写罗子浮，该如何铺排描写？还是蒲松龄厉害，蒲松龄的这把芭蕉叶厉害，比铁扇公主的那把芭蕉扇还要厉害。铁扇公主的那把芭蕉扇，面对的只是火焰山有形的大火；蒲松龄的这把芭蕉叶，面对的是人心中看不见却更加凶猛的欲望之火。罗子浮内心之中所有的潜台词，内心之外所有的堂而皇之地遮掩，都被这芭蕉叶剥离精光，让你感叹人世之外，还有一个世界，将人性中种种丑陋的弱点乃至卑劣之处，明察秋毫，看得清清楚楚，并为你指点得明明白白。这个世界，在蒲松龄那里就是狐魅世界。在《翩翩》里，他让芭蕉叶施展魔法。

　　读《翩翩》，可以连带读明人徐渭的剧本《四声猿》中的《翠乡梦》。讲的是和尚玉通持戒不坚，色戒被破，转世投胎成了女人，欲火纵燃，放虎出笼，引诱他人，最后堕落为妓女的故事。这个玉通，比罗子浮走得还远。两厢对读，很有意思，《翠乡梦》和《翩翩》为同一坐标系的相对两极，均揭示了世事苍茫之中诱惑无所不在的醒世恒言。各种欲望下罗子浮和玉通的竞赛，让我们感慨尽管人世变迁，人性变化却不大，潜藏心底的种种轻浮、丑陋、卑劣乃至罪恶的欲望，让世人面临着省心明性的考验。徐渭时代如此，蒲松龄时代如此，现在也是如此。

　　《翩翩》读罢，戏仿《聊斋》中的异史氏曰，作一首打油诗作为结尾，聊以为感——

　　　评妖论鬼说神仙，叹古哀今读柳泉。

蕉叶羞成遮丑布，雪云愧怍暖心棉。

翻将洞口花落雨，弹向人间魂断弦。

美女从来出狐魅，秋坟谁再唱翩翩。

《双灯》双尾

《聊斋》里有一篇《双灯》，以前没有读过，先读了汪曾祺先生写的《聊斋新义》中的《双灯》。

这是一篇《聊斋》中典型狐狸精的故事，但比其他狐狸精的故事要简单，就是这位漂亮的狐狸精看上了卖酒的魏家二小，化作漂亮的女郎，和二小夫妻生活半年之后，说是缘分已尽而分手的故事。因为狐狸精每次来二小家时，都有两个丫鬟挑着双灯送迎，所以题目叫作《双灯》。这个题目起得好，不像其他题目如《促织》《偷桃》《聂小倩》那样直白，颇有余味。

仔细读汪先生改写的这一篇《双灯》，很有意思，特别读到结尾时，有两处，眼睛忽然跳了一下，心里一动，别有所思。

一处是二小问狐狸精为什么突然想起要分手，狐狸精告诉他缘已尽；二小又问什么是缘，狐狸精告诉他缘就是爱，进而又说我们和你们人不一样，不能凑合。这个"凑合"，那么像汪先生的口吻。

一处是丫鬟挑双灯伴狐狸精而去，二小一直望着她们登南山远去，双灯一会儿明，一会儿灭，二小掉了魂儿。小说最后一句："这天夜晚，山上的双灯，村里人都看见了。"

当时，感到结尾这两处的改写，明显是汪先生的文笔。猜想，肯定是汪先生的画龙点睛。

第一处，完全是现代人的思维，是汪先生的，不是蒲松龄的。蒲松龄可以讲缘分，但不会说缘就是爱，更不会讲"凑合"。这是汪先生借助钟馗打鬼，替蒲松龄升华，搀扶着蒲松龄迈上一个新台阶。

第二处，这样收尾一笔，太像汪先生了，人已去，灯犹在，二小看灯，全村人也看灯，不动声色的白描之中，余味袅袅。双灯，不仅是小说的道具，而且成为小说的意象。

后读蒲松龄原著《双灯》，尤其注意结尾。发现狐狸精告别前和二小的一大段对话，果然是汪先生所加。蒲松龄只让狐狸精说了一句："姻缘自有定数，何待说也。"便一笔带过，没有那么多的对白和心绪抒发。不过，要承认，汪先生加得好，让三百多年前的一则小说，不只是一枚话本式的标本，而有了鲜活的现代气息；让一则人鬼情未了的老故事，化蛹成蝶，飞进今日的生活中，和我们有了切近感。

蒲松龄这则《双灯》最后也是二小送别狐狸精，望着南山上双灯明灭，心里难舍又难受。关键是最后一句："是夜山头灯火，村人悉望见之。"让我看了心里一惊，原来并非汪先生私自添加的，居然和汪先生改写《双灯》的最后一句，完全一样。

为什么完全一样？

我没有将《聊斋》全部四百余篇作品读遍，不知道还有没有和《双灯》一样或类似的结尾。在我读过的有限篇幅中，没有见过。蒲松龄更多愿意如《翩翩》一样的结尾，也是人鬼情未了的故事，人和狐狸精分别之后，人再找狐狸精的时候，那狐狸精的洞口已是云迷草乱、黄叶满径，人只好零涕而返。

当然，这样的结尾，也不错，也给人留有余味。但是，这是一种很传统的结尾方法，和唐诗"人面不知何处去，桃花依旧笑春风"的写法一样；还可以更早上溯到陶渊明的《桃花源记》：人们再想重访桃花源，却已经是所向云迷，不复得路，后遂无问津者。显然，这样的结尾，并不新鲜。连蒲松龄自己也承认这样的结尾，和刘义庆《幽明录》里写刘晨、阮肇重返天台山访仙女，"踪沓路迷，不可复在。返棹，回船"的结尾，真是相仿。

《双灯》的结尾则是现代式的。它将文章的韵味，不像以往那样留到故事完成以后怀旧式的怅惘里，而是描摹在进行中的故事收尾处，做画面式的直接介入和刻画。不仅是让主人公二小遥望双灯不已，而且，让全村人一起遥望双灯不已。如此迷人且感人或还有惑人诱人之处，都闪烁在那双灯明灭之中了。不用与其他篇章相比，只和《翩翩》相比，同样都是在结尾处留白，却留得味道大不一样。

在《双灯》的结尾之处，三百多年前的蒲松龄，竟然和三百多年后的汪曾祺幽径相遇，英雄所见略同，而握手言欢，足见其小说现代性之一斑。这是《聊斋》最值得我们今天珍视的一个方面。

夏日读放翁

　　说起放翁，有人拿《红楼梦》说事，借林黛玉之口，贬斥放翁。是说香菱学诗一节，香菱喜欢放翁的"重帘不卷留香久，古砚微凹聚墨多"一联，黛玉不以为然，说不好，断不可学这样的诗。其实，因为香菱和宝玉有一腿，黛玉忌恨香菱，让放翁跟着吃挂落儿罢了。

　　公正说，这一联确实不是放翁最好的诗，却也绝对不是最差的。"举世知心少，平生为口忙""纸新窗正白，炉暖火通红"，才实在是差。后来，有人引钱穆先生对这联诗的解读，说这联诗中"无我"。不过，从对仗的角度、古典的意味来讲，真不至于拿它作为批评放翁的靶子。清末民初，不少人家是愿意拿这联诗，连同诸如"正欲清言逢客至，偶思小饮报花开"等，作为家中客厅悬挂的对联。

　　放翁诗多，参差不齐，流于直白平庸且自我重复的，确实不少。如同肉埋在饭里，花藏在草中，好诗也实在不少，需要在《剑南诗稿》中仔细翻检，便常会眼前一亮，有意外惊喜的发现。

对于我，特别喜欢晚年放翁对于日常司空见惯生活的捕捉。那种捕捉是敏感的，是发乎于情的，是对于琐碎甚至艰辛日子由衷的喜爱，是具有草根性的。放翁没有把自己摆成一副诗人的架子，就是乡间的一位老人，用一双慈眉善目平和而又富有诗情地看待眼前的一切。

所以，他才能够"唤客家常饭，随僧自在茶"，他才能够"未辨药苗逢客问，欲酬琴价约僧评"。家常和自在，是他心的基调和底色；他才能够关心药苗并不耻下问，买琴这样的小事也要虚心请教行家。

可以看出，写诗之前和之时，放翁的姿态是躬身的，而不是鹅一样昂着脖子。他的心是如此平易，他关心的才会是农时稼穑、家长里短，他才会写出"久泛江湖知钓术，晚归垄亩授农书""百世不忘耕稼业，一壶时叙里闾情"，他才会写出"邻父筑场收早稼，溪姑负笼卖秋茶""草苫墙北栖鸡屋，泥补桥西放鸭船"。钓术、农书、晒场、卖茶、养鸡、放鸭……这些最为普通常见的农事，被放翁裁诗入韵，而且对仗得这样巧妙工整，又朴素实在、毫不空泛，那么有滋有味，真的让我佩服。

看到放翁自己这样说："试说暮年如意事，细倾村酿听私蛙。"还看到他这样感慨："但恨桑麻事，无人与共评。"便明白了，为什么对于乡间的日常生活场景、风土人情，乃至花草虫鱼，这些细小而琐碎的东西，放翁寄予如此深情，以极其敏感而善感的心捕捉到、感受到，并把它们书写在诗中。这确实是一种与生俱来的本事。他不是以一个旅游者或采风者的身份走马观花，也不似如今那些大腹便便的人客居乡间别墅的居高临下。他就是一个农民。在这样的诗中，他的身影摇曳在田间地垄、桥头水上。读这样的诗，很像读三四十年代沈从文写的湘西山村那些泥土气息浓郁的篇章。

"市桥压担莼丝滑，村店堆盘豆荚肥。"担上莼丝鲜滑，盘中豆荚肥美，多像是一幅乡情画，是齐白石或陈师曾画的那种画。

"三更画船穿藕花，花为四壁船为家。"多么的美，船在藕花中穿行，在放翁的眼睛里是花围四壁的家一样。这样的联想，属于诗，更属于心。

"船头一束书，船后一壶酒。新钓紫鳜鱼，旋洗白莲藕。"同样是船在藕塘水中，却是另一种写法。完全白描，有书有酒，有鱼有藕，多么闲适，多么幽情，又多么乡土。紫鳜鱼对白莲藕，新对旋，有色彩，有心情，对得多么朴素，又惬意。

"旱余虫镂园蔬叶，寒浅蜂争野菊花。"旱情中的情景，秋寒时的情景，放翁眼睛里看到的是多么的细致且别致。

"巢干燕乳虫供哺，花过蜂闲蜜满房。"同样写虫写蜂，在春夏生机旺盛的时候，是完全不一样的情景。虫子只能供燕子吃了，蜜已酿满，蜜蜂可以清闲自在地飞了。

再看"花贪结子无遗蕚，燕接飞虫正哺雏"，是上一联燕子捕虫哺雏的另一种写法，或者是补写；而写花则是上一联的延长线，花期过后结籽时节的丰满；一个"贪"字，一个"接"字，将这两种状态写得多么生动有趣。

如果将这三联相对比读，会让人感到大自然的奇妙，也让人感到放翁的笔细若绣花针，为我们绣出一幅幅姿态各异的乡间绣花样来。

有时候，会觉得晚年的放翁实在不老，眼睛也没有花，"绿叶忽低知鸟立，青萍微动觉鱼行"，他看得多么清楚，多么仔细。在绿叶之间和青萍瞬间的忽高忽低和微微一动时，便察觉出鸟和鱼的心思和举动来。这是一种什么样的眼神？

有时候，会觉得晚年的放翁简直就像一个孩子，"老翁也学痴儿女，扑得流萤露湿衣"，与其说这是一种对诗书写的方式，不如说更是对生活的一种态度，对生命的一种放松。

晚年放翁的诗中不少写到读书、抄书。"古纸硬黄临晋帖，矮笺匀碧录唐诗""细考虫鱼笺尔雅，广收草木续离骚""藜粥数匙晨压药，松肪一碗夜观书""唤客喜倾新熟酒，读书贪趁欲残灯""研朱点周易，饮酒和陶诗""素壁图嵩华，明窗读老庄""浅倾家酿酒，细读手抄书"……一直到八十多岁的时候，他还写出了"岂知鹤发残年叟，犹读蝇头细字书"。真的让我非常感动。不是所有能活到这把年纪的老人，都能这样的。这一联诗，我非常喜欢，看他对仗得多工稳，鹤发对蝇头，残年对细字，真的让我心折。

其实，老年放翁贫病交加，日子过得并不如意。但是，一个人的日子过得不仅仅是物质，还有心态和精神头儿。他在诗中不止一次这样写道："一条纸被平生足，半碗藜羹百味全""云山万叠犹嫌浅，茆屋三间已觉宽"。现在的聪明人看，这个老头儿实在有些阿Q。在住大房子、游历世界千山万水、尝遍各地山珍海味，越来越成为富裕起来的人们的梦想的时代，一条纸被、半碗藜羹、三间草屋，实在是太寒酸了。

但是，就是这样寒酸的放翁，为我们留下了这样多美妙的诗。放翁晚年有理由骄傲地说："脱巾莫叹发成丝，六十年间万首诗。排日醉过梅落后，通宵吟到雪残时。"迄今为止，没有一个诗人可以超越他。他是真正的诗人，他的诗不是生活的花边，他的诗和他的生命融为一体。

晚年放翁曾经写过一首题为《病愈》的七律："秋夕高斋病始轻，物华凋落岁峥嵘。蟹黄旋擘馋涎堕，酒渌初倾老眼明。提笔诗情还跌宕，倒床药裹尚纵横。闲愁恰似憎人睡，又起挑灯听雨声。"这就是放翁，他的达观，他的顽皮，他的情趣，他的诗情，他的生命活力，都淋漓尽致地表露出来。看完这首诗，我把它抄了下来，一夜背诵，一夜未眠。窗外没有雨声，只有五月的风吹下满地落英。

读书改变人生质疑

　　如今，关于读书，有一句很流行的口号，叫作"读书改变人生"。我对这个口号很怀疑，一直以为和过去我们曾经批判过的"书中自有千钟粟，书中自有黄金屋，书中自有颜如玉"，其价值观颇有些相似，或者说是异曲同工。只不过，读书所要改变的人生目标有了变化——其实，变化也不大，如今讲究的佳人、豪车、大房子，仔细对比一下，除了豪车取代了千钟粟，黄金屋和颜如玉却是"山形依旧枕寒流"；而且，与古人以读书博取功名一样对权势的渴望，"美人首饰王侯印"，同样彰显心里潜藏的欲望，没有本质上的变化和区别。

　　因此，我一直以为，如果作为读书的口号，提"读书改变人生"，不如"读书丰富人生"更好些，因为前者有着明显的实用主义色彩，将读书作为人生进阶的阶梯，乃至敲门砖，将本来应该更多滋润并作用于心灵与精神的书籍，变成了改变人生的工具；把本来学科种类丰富多彩的书籍，变成了应付各类考试的宝典，毫不遮掩地沾惹上功利和欲望的阴影，还以为是鲜花绽放的花影斑驳、芬芳四溢。

近读《聊斋》，读到其中一篇《书痴》，更坚定了我对"读书改变人生"的质疑。

《书痴》讲的是这样一则故事：一个叫郎玉柱的书生，信奉"书中自有千钟粟，书中自有黄金屋，书中自有颜如玉"这样的古训。书中自有千钟粟——他掉进古人藏粮食的地窖，却已经变成泥坑，粮食全都腐烂了。书中自有黄金屋——他取书看时，看到书中夹着一片剪纸小金屋，却是镀金的。书中自有颜如玉——这一次取《汉书》第八卷读时，见书中夹一绢纱剪成的美人，还真的就变成了鲜活的大美人，名叫颜如玉。如此，读书的三项指标，前两项没有完成，最后一项却得以实现，读书真的能够多少改变人生，郎玉柱自是欢喜不已。而且，美人和他成家，还为他生了孩子，只是美人要求他必须把书全部扔掉，不再读书。郎玉柱对美人说："书是你的家、我的命，怎么能扔呢？"美人对他说："你的命数到了！"果然，美人一语成谶，一位姓史的县太爷欲掠其美人，杀上门来，遍查书中，却没有找到美人，一气之下，将郎玉柱家的书全部烧光。

《书痴》最精彩的是这一部分。下面的故事，则是因果报应，郎玉柱依然坚持读书，最后考取功名，中了进士，当了巡按，法办了贪官史县令，并将其妻妾据为己有——也还是读书改变人生，千钟粟、黄金屋、颜如玉，样样进账，落进旧窠臼。

如果删去这后面一节，前面所写则可以是对今日的一则醒世恒言，尽管最后结局有些极端，但对于欲望与实用主义过于张扬的所谓"读书改变人生"，则真有些反讽之意，其与现今相关联的现代性，与《聊斋》中其他鬼魅花狐的故事不尽相同。这位藏在《汉书》第八卷中的绢纱美人颜如玉，即使没有告诉我们读书的一些真谛，起码告诉我们，千钟粟、黄金屋、颜如玉当然可以从书中得到，但如果读书的目的只是如此，便是得到了也可以悉数失去，不那么结实可靠。

想一想，如今，我们虽然不再说什么"书中自有千钟粟，书中自有黄金屋，书中自有颜如玉"了，但是，我们在心底里，其实还是相信的，还是渴望的。"读书改变人生"的口号，如今很是响亮。你不觉得这两者之间似曾相识吗？其中功利与实用的暗通款曲，不是很有点借尸还魂的味道吗？或者说是城头更换大王旗，招展一面新旗帜，召唤新一代的郎玉柱们前赴后继？自然，绢纱美人颜如玉那样的警告，便显得过于武断，过于危言耸听，不会那么中听，更不会入耳入心了。

不可否认，读书，自古以来都不会那么纯粹，读书包含着功利与欲望的因素，无可厚非；读书之中的实用主义，在越发现代化的现实生活与时代中有着合理的成分，而且会越发显得重要，所谓学以致用，而不是将读书视为空中楼阁，成为一种虚拟的想象存在，就像博尔赫斯所幻想的图书馆是天堂的模样一样。主要不把读书功利与欲望色彩涂抹得过于张扬且凸显就好，不要让我们真的成为《聊斋》里的这位郎玉柱，读书之后完满成功"千钟粟、黄金屋、颜如玉"，三箭齐发，箭箭中的，立刻升迁为巡按，将史县令打翻在地，从学霸一跃成为集物质、权力与美色的三重霸主。

我们可以说读书有助于改变人生，但我们还要说读书更可以丰富人生。改变人生，只是让我们的生活富有；丰富人生，则可以让我们心灵的半径延长，让我们的精神天空轩豁，让我们的视野开阔，走出水泥建筑遮挡住的天际线，看到遥远的地平线，能够如布罗茨基说的那样，看到"这样的地平线，象征着无穷的象形文字"。

读书破万卷质疑

现在，我越发对"行万里路，读万卷书"和"读书破万卷，下笔如有神"这样的说法感到怀疑。行万里路，一个人是可以做到的，红军在那样艰苦的环境下，都可以长征两万五千里，现在交通状况完全现代化，更是不在话下。读万卷书，对于我们普通人，恐怕要打一个问号了。作为读书的一种口号，这样的说法自然是不错的，但人这一辈子真的有必要去读万卷书吗？

少年时家穷，没有几本书。第一次见到那样多的书，而且是藏在有玻璃门的书柜里，是我到一个同学家里看到的，他父亲是当时《北京日报》的总编辑周游。那时，我真的很羡慕。渴望万卷书，坐拥书城，是少年的梦想。其实，也是那时的虚荣。

这种读书的虚荣，一直延续很久。

记得从北大荒插队回北京当老师，是四十六年前，1974年的春天，第一个月的工资，我买了一个书架，花了二十二元，那时我的工资四十二元半。这是我的第一个书架，从那时起，我便开始渴望有书将书架塞满。

　　十年之后，1984年，我从平房搬入楼房，买了四个书柜。那时，所有家具都不好买，每一种家具都要工业券。说起工业券，现在的年轻人会很陌生，那是上一个时代计划经济的产物，要买日常家用大一点的物品都需要工业券，越大的物品，需要的工业券数额越多。比如，买当时结婚用的"三大件"——缝纫机、自行车、大衣柜，没有一定数额的工业券是不行的。我想买书柜，但我没有那么多的工业券。一个拉平板车为顾客送货上门的壮汉，看见我在书柜前"转腰子"，走上前来和我打招呼，问我是不是想买书柜。我说是，就是没有工业券。他把我拉到门外，对我说他有办法，但每个书柜需要加十元钱。那时候，每个书柜只要六十元。我的工资从每月四十二元半涨到四十七元，但四个书柜加上加价一共将近三百元，不是个小数目。求书柜心切，我咬咬牙答应了他的加价。过了两天，他真的把四个崭新的书柜送到了我家。

　　有了四个新书柜，让书把书柜塞满，成了那一阵子的活儿。读书破万卷，对我依然诱惑力颇大。仔细想想，塞满四个书柜里的那些新买来的书，至今很多本都是从来没有读过的。读书的虚荣，藏在买书之中，藏在我家的四个书柜之中。

如今，几次搬家，当年买的四个书柜早被淘汰，现在有了十个书柜，买的书，藏的书，与日俱增，显得很有学问，仿佛读了那么多的书，颇像老财主藏粮藏宝一样，心里很满足。读书万卷，依然膨胀着读书的虚荣。

大概是年龄的增长，对于读书的理解，和年轻时不大一样了吧？再加上家里的书越发的多，不胜其累，便越发对读书万卷产生了怀疑。我不是藏书家，只是一个普通的作者兼读者，买来的书，是为了看的，不是为了藏的。清理旧书便迫在眉睫，发现不少书其实真的没用，既没有收藏价值，也没有阅读价值，有些根本连翻都没翻过，只是平添了日子落上的灰尘。想起曾经看过的田汉话剧《丽人行》，有这样的一个细节，丽人和一商人同居，开始时，家中的书架上，商人投其所好，摆满琳琅满目的书籍，但到了后来书架上摆满的都是丽人形形色色的高跟鞋了。心里不禁嘲笑自己，和那丽人何其相似，不少书不过也是充当了摆设而已。买书不读，书便没有什么价值。于是开始下决心，一次次处理掉那些无用的书或自己根本不看的书，然后毫不留情地把它们扔掉，连送人都不值得。

我相信很多人会和我一样，买书和藏书的过程，就是不断扔书的过程。买书、藏书和扔书并存，是一枚三棱镜，折射出的是我们自己对于书认知的影子。

　　现在，我越发相信，读书万卷，只是听起来一个很好听的词汇，一个颇具诱惑力的美梦，一个读书日动人的口号。我仔细清点一下，自己应该算是个读书人吧，但自己读过万卷书吗？没有。那么，为什么要相信这样虚荣的读书诱惑？为什么还要让别人也相信这样虚荣的读书口号呢？

　　书买来是给自己看的，不是给别人看的，正经的读书人（刨去藏书家），应该是书越看越少，越看越薄才是，再多的书中，能让你想翻第二遍的，就如同能让你想见第二遍的好女人一样少。想明白了这一点，贴满家中几面墙的十个书柜里，填鸭一般塞满的那些书，有枣一棍子没枣一棒子买来的那些书，不是你的六宫粉黛，不是你的列阵将士，不是你的秘籍珍宝，甚至连你取暖烧火用的柴火垛和如厕的擦屁股纸都不是，是真真用不了那么多的，需要毫不留情地扔掉。在扔书的过程中，我这样劝解自己，没有什么舍不得的，你不是在丢弃多年的老友和发小儿，也不是抛下结发的老妻或新欢，你只是摈弃那些虚张声势的无用之别名，和以为"书中自有颜如玉""书中自有黄金屋"的虚妄和虚荣，以及名利之间以文字涂饰的文绉绉的欲望。

我不知道别人如何，对于我，这些年扔掉的书，比书架上现存的书肯定要多。尽管这样，那些书依然占有我家整整十个书柜。下定决心，坚决扔掉那些可有可无的书，是为拥挤的家瘦身，为自己的读书正本清源。因为只有扔掉书之后，方才能够水落石出一般彰显出读书的价值和意义。一次次淘汰之后，剩下的那些书，才是与我不离不弃的，显示出它们对于我的作用是其他书无可取代的；我与它们形影不离，说明了我对它们的感情是长期日子中相互依存和彼此镜鉴的结果。这样的书，便如同由日子磨出的足下老茧，不是装点在面孔上的美人痣，为的不是好看，而是走路时有用。

真的，不要再相信"读书破万卷，下笔如有神""行万里路，读万卷书"一类诱惑我们的诗句和口号。与其做那读万卷书的虚荣乃至虚妄之梦，不如认真地、反复地读少一些甚至只是几本值得你读的好书。罗曼·罗兰说，人这一辈子，真正的朋友，其实就那么几个。也可以说，人这一辈子，真正影响你并对你有帮助的书，一定不是那么虚荣和虚妄的万卷，而只要那很少的几本，就足够了。